JN148897

エリザベス・ビショップ

悲しみと理性

コルム・トビーン　著
伊藤範子　訳

港の人

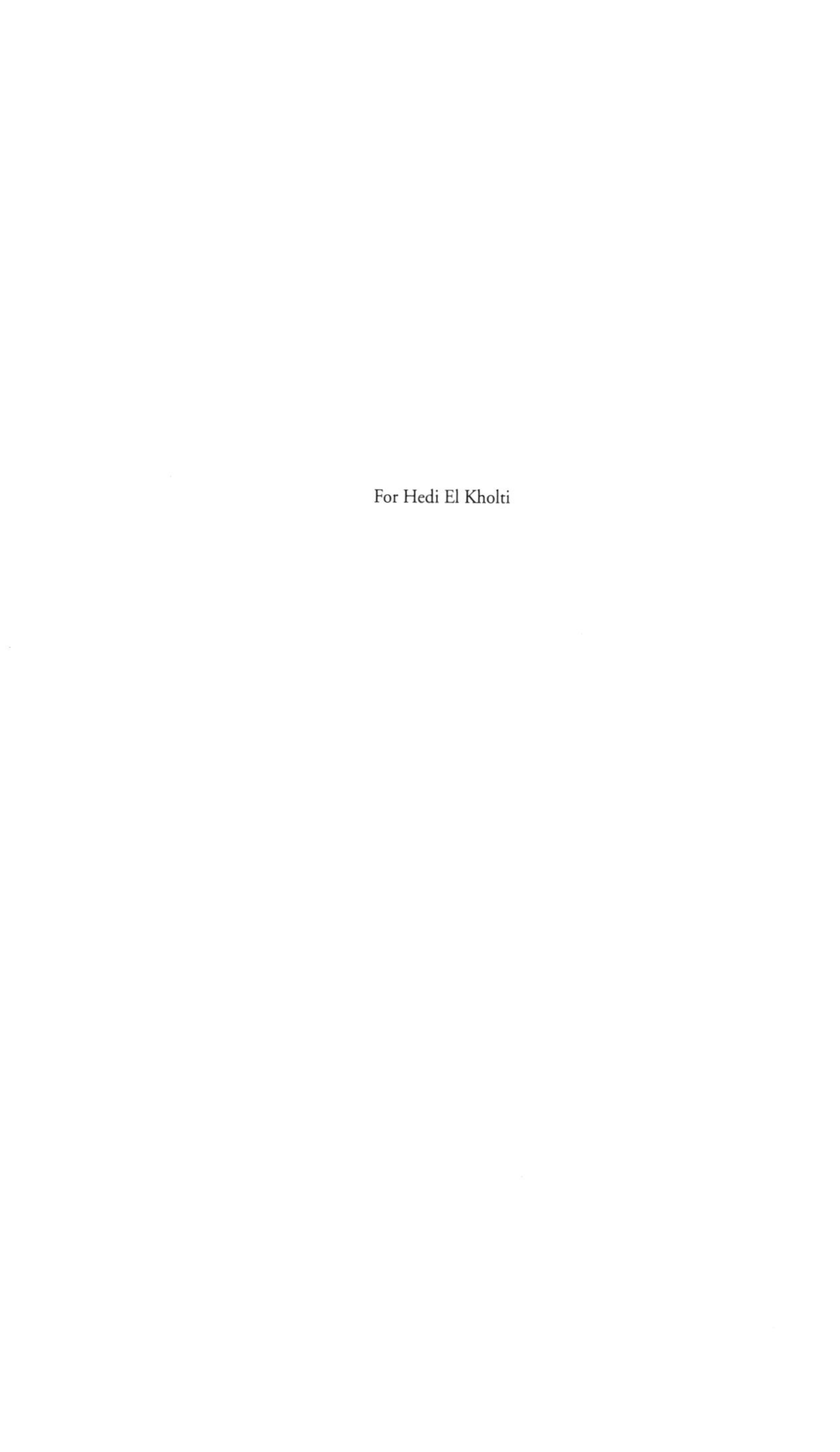

For Hedi El Kholti

エリザベス・ビショップ　悲しみと理性　目次

本文中の［　］内は著者による注を示します。
訳注は各章末にまとめました。

訳者まえがき

伊藤範子

エリザベス・ビショップ（Elizabeth Bishop、一九一一年二月八日—七八年一〇月六日）はアメリカ合衆国の詩人で、二十世紀の最も重要でかつ優れたアメリカの詩人の一人と考えられている。彼女の業績を記念して、カナダのノヴァ・スコーシャ州グレート・ヴィレッジに彼女が幼い頃に過ごした家が、「エリザベス・ビショップ・ハウス」として残されている。彼女はロバート・ロウエル、マリアン・ムーア、トム・ガンなどと深くかかわり、当時流行した告白詩派とは一線を画しつつも、モダニズムの流れの中で指導的役割を果たした。ムーアはビショップの作品に強い関心を持ち、二人の友情は一九七二年にムーアが亡くなるまで続き、多くの往復書簡が残された。ビショップとロバート・ロウエルの深い交友関係は、主に手紙のやり取りによるものだったが、ロウエルが亡くなる一九七七年まで続いた。彼らの作風はそれぞれに影響を受け合っており、ロウエルは「スカンクの時間　Skunk Hour」がビショップの「アルマジロ Armadillo」をモデルにしたことを明らかにしている。ロウエルは「叫び The Scream」についても「ビショップの散文「村にて In the Village」から派生している」と書いている。ビショップが生涯の最後に発表した何篇かの詩の一つ「ノース・ヘイブン North Haven」は一九七八年に書かれたロウエルの追悼詩である。ビショップは、ワシントン大学、ハーヴァード大学、ニューヨーク大学、マサチューセッツ工科大学各大学で教鞭をとった。一九七七年、最後の詩集『地理三課 *Geography III*』を出版し、二年後に脳出血で亡くなった。ビショップは、マサチューセッツ州ウースターに葬られている。

ビショップの存命中に刊行された詩集および主な受賞歴は、以下の通りである。

詩集

『北と南 *North & South*』ホートン・ミフリン(Houghton Mifflin)社刊、一九四六年

『詩集 北と南・冷たい春 *Poems: North & South - A Cold Spring*』ホートン・ミフリン社刊、一九五五年

『旅の疑問　*Questions of Travel*』ファーラ・ストラウス＆ジロー（Farrar, Straus & Giroux）社刊、一九六五年
『全詩集　*The Complete Poems*』ファーラ・ストラウス＆ジロー社刊、一九六九年
『地理三課　*Geography III*』ファーラ・ストラウス＆ジロー社刊、一九七六年

受賞歴

一九四六年　ホートン・ミフリン賞（詩部門）
一九四九―五〇年　アメリカ合衆国議会図書館桂冠詩人
一九五六年　ピューリッツァ賞
一九七〇年　全米図書賞（詩部門）
一九七六年　ノイシュタット国際文学賞
一九七七年　全米批評家協会賞

現代中堅アイルランド作家、コルム・トビーンが、彼の崇敬するアメリカの詩人、エリザベス・ビショップの人生と芸術の検証と探求を目指す本書において展開するビ

ショップについての彼の解釈は、彼自身の抱く人生と創作における関心と深くかかわっている。この本は、事物をそれそのものとして直視することと、感情をそのまま出さないことというビショップ詩の本質に照明を当て、個我の覚醒、核としての故郷、人生における喪失と癒しなどが章分けされて論じられている。二十世紀半ばの告白詩の流れを疑問視していたビショップは、ことがらについて明かし述べるのではなく、言わないこと、隠すことにこそ真実があるという姿勢を取った。ビショップの詩は、深刻な局面が追跡されている、すると突然事実が明らかにされる一瞬があるという感じがある。しかし、それはナゾが明かされるというものではないし、それを知ろうとすれば、行間に隠された真実を静かに見つめることが大事なのである。

読者がビショップを真にエンジョイしようとすれば、その見事に綴られた表面ではなく、隠れている裏を行間に読み取るようにたどらねばならないだろう。彼女が身を投じた愛の諸相やエグザイル、あるいは永遠の核である故郷回帰を書いた詩を読む場合、彼女のアートの本質は、ものと言葉のせめぎ合うはざまで、見えないもの、聞こえないものを心静かに感じることだというトビーン的とらえ方に耳を傾けるとよいかと思われる。「描写は自己描写を避ける必死の動作」だった彼女の詩は、抑制と沈黙から成り立つのだから。

凝視することから出発するアートは、まず目の前の「もの」である。それはいろいろ深い意味を持つかもしれないが、まず「もの」は「もの」である。たとえば、彼女の詩に出てくる動物たちは、存在の不安（大シカ）、権力の傲慢（オンドリ）、生命の一瞬の揺らぎ（アルマジロ）など、秘められた意味があろうが、ビショップは、ものはものとして在ることを、それだけを主張しているようである。彼女に限らず、アーティストは、アートとリアリティの接点を見る。それが愛であろうと、政治信条であろうと、自分がものを見る目をどう見るか、が問題であり、それが表現される様相を解明しようとするものだ。ビショップの詩は、いわゆる奇想を中心とするものが多い。ものとそれの意味との乖離が奇想だというのは易しい。しかし、それがどれくらいの深さから出てきたかを考えることが詩を味わうためには必要だということは、強調されてよいかもしれない。

ビショップのもう一つの特質は、個我の認識である。人間一人一人はまったくの個であるという感覚が、彼女の詩の出発点にある。ものと自分を見比べているうちに、一粒の砂の中にもある宇宙が見えてくるのだが、見るのはあくまでも自分一人である。

それにしても、ビショップの詩には、サイズが気になるものが多い。大シカは大きくなくてはいけない。大きな時の手は、さっとひと払いすると人間などどこにも見えなくなる。大いなるものへの畏怖と人間の卑小さを読み取った詩人は、書きたいことの半分も達成できないと嘆息する。自由でも完璧でもなく、究極の孤独はいささかも減じられない人間の、詩人はその真の嘆きを知っている。でも、声には出さないで表現する、それがビショップも、ビショップの礼賛者トビーンも求める究極の言葉である。彼女の墓碑銘は「堂々と朗らかに」である。本質に迫ろうとする真摯さは、ときに絶望で放棄されることになるかもしれない。そんなとき全部を茶化してしまおうと道化が顔を出す。彼女の奇想は、ギャップ感を伴った爽快な笑いだ。でも、生きる次の一歩が踏み出せればいい。踏み出せるか……。

エリザベス・ビショップ

悲しみと理性

ささやかすぎるディテールはない

知られていることは少なく、その知られているわずかのこともあまりよくわからない、という考えから彼女は出発した。そうすると、確実に本当であることを詩で述べようとする——何々は何々であるとか、何々は何々すると主張しようとする——と、ひとり静かに精神集中することが必要だった。リズムの中に事実の表明を埋めこむことは、彼女にとっては虚しいことであるので、かなりの量の皮肉を用いたのである。それは単純すぎるか逆に複雑すぎるかのどちらかで、どちらにしてもあまり意味をなさなかった。たいしたことではない、せいぜい読者の気晴らし、あるいは、つかの間彼らを楽しませるというくらいのものだった。それでもなお、詩の言葉が的確、厳密であることは、エリザベス・ビショップにとって非常に重要なことがらであった。「私たちは未知の海に漂っているわけですから」、彼女はロバート・ロウエル[*1]への手紙に書いた、「自分の方へ漂着してきたものはすべて気をつけて吟味しなければいけません。何が含まれているか誰にもわかりませんもの」。彼女の詩「イソシギSandpiper」[*2]で、詩人の分身である鳥は、「ブレイクの使徒」として「一粒の砂に世界／野の花に天国」[*3]を見出して褒め称えたのだ。

言葉は、ものごとを制御することのとりあえずの形式だった。文法とはもののありようを規則づけることであった。しかし、何ものも安定しているものはなく、言葉とその構造は、上昇し、余韻を残し、動き去り、スポンジが水を吸いこむように中心主題をとりこむ。というわけで、言語は、言語でありながら仕草になった。簡単な描写の中に根づき、それから花開き、あるいは枯れてしまった。暗示的で、楽し気な形をとったり、華やかであったりして、思いがけない喜びをもたらすトーンと感触があったが、あらゆる種類の限界と失敗を含有してもいた。言葉が助けを求める叫びだったら、それを取り囲む静寂な空間は、あきらめきった無力さを差し出す。

ある社会では、ビショップが子供時代の大半を過ごしたノヴァ・スコーシャ[*4]の田舎とか、私の出身地であるアイルランド南東部がそれに入るのだが、言語は経験を制限し、許容レベルまで引き下ろす手段だった。言語は装飾でも賛美でもなかった。言語が目指すのは堅固で峻厳であることだった。時間は、地上に生きるわれわれに必要なこと以上を言う理由も必要性も与えていなかった。そして言語は、穏やかでつつましい知識が形になったものであり、あるいは忌避の形ですらあったかもしれない。こういう知識や忌避の光の下で、あるいはその陰で書かれた詩、小説、物語はどんなものでも、安っぽい感情ではなく、明快さと的確な描写と活発な感覚によって導かれねばならなかった。作品のトーンは、知っていることを受け入れたとほのめかしていた。音感や力強さといったものは、排除されがちなものの中にあった。ごくささやかな言葉や、文章のブレスを引き延ばすことが、激しく揺るぎない力を持つことだってありえるのだった。

ビショップにとって、書くことは自己表現ではなかったが、どこかに自己はあり、それはなお巧みに執拗に存在を主張した。意図的な場合が多いのだが、ビショップの作品は、何度も書き直されたもの、一度は口にされたが今は消されたり陰の部分に移されたものの痕跡をいくつも留めていた。あまりにも単純で明白である、あるいは、あまりにもあいまいな情感であるとか、あるいは、あまりにも哲学的であると判断されたものは、秤にかけられて除去された。真実というには不十分な言葉は切りとられた。残ったものは価値あるものだが、それほど大きなものではない。いろいろな制限を考慮すると、やっとこれだけが言えたのだろうと想像される程度のものだった。このつつましさは裏返せば、抑制されてはいるもののひたむきな野望とも言えるものだった。ビショップはただ視点を低く設定しているように見えた。彼女の解釈は気難しい気ではあるが、それは扱えないものは何もないと胸に刻むための抜け目ない手法が、彼女にはあったのだ。

　ビショップが確信を持てたことは一度もなかった。彼女の詩「信じざる者　The Unbeliever」[5]の最後の行で彼女は主人公に、海は「私たちすべてを破壊したがっている」と言わせている。だが、「ガソリンスタンド　Filling Station」[6]の最後の行はこうである。「誰かが私たちすべてを愛している」。「私たちすべて」という不可思議を取り巻く彼女の詩にある確信のなさには、傷つき、孤独な何かがある。彼女の第一詩集の最初の詩——「地図　The Map」という詩——では、世界は最新の発明品のような何か、あるいは、すぐ消えてしまうので、ひと目見ただけでできるだけ精確に記憶しなくてはならない何かのように世界を学ばなくてはならないと言わんばかりであった。

　自分の考えを述べるのは、彼女にとって最も難しいことだった。彼女は、これが述べうる精一杯なのだという風変わりでしんみりした受容のオーラをその詩に作り出したのだ。あるいは、何かもっとあったのかもしれないが、彼女にはつかまえられなかった。そこにあったことと、明確にされえたであろうこと、あるいはしっかりつかめたであろうこととの間の距離が、彼女の詩調に遊びを持ちこんだ。ちょうど、羽を鼻の穴にそっと入れると、苦しいのだけどなんとなくおかしくて、ハクション！　そういうトーンだ。

ジェラード・マンリー・ホプキンズ[*7]についての初期のエッセイで、ビショップは、詩の「動き」について書いた。「整然とした体系に沿った心の動きを解き放ち、押し留め、時間を調整し、繰り返すこと」。ホプキンズは、と彼女は書いた、「彼の詩を、完全には発達しきっていない段階で、真実や不安のまさに核心近くで詩を止め、それを言葉にしようと決意した」。こうしてホプキンズの詩のアイデア、定着された飾り気のない一つの事実の感覚は、妙に直截で鋭い啓示を提供するが、それは真実である。なぜなら、詩が書かれたとき、それ以外に真実はなかったという幻想が創造される必要があるのだから。そして、ショックから立ち直り、何気なくて少し風変わりなことを含む何かを口にするのに必要な時間だけは恢復し、そしてそのほかのたくさんのことを言わないままにしておくのと同じ効果が、詩作にはある。

このように、詩行は述べられうるすべてである。彫刻が空間によって囲まれているのと同じく、詩行は沈黙によって囲まれている。ホプキンズはこんなふうに詩を始める。「目を覚まし、感じるのは陽光ではなく暗黒だ」。あるいは、「最悪はない、無だ」。あるいは、「夏が今終わる」。そのとき初めて、いったん詩の原型が作られると――単なる日記の項目と鑿で真実へと彫琢されたあるものとの間の何か――詩は、「詩の体系に沿って」解き放たれ操作されるだろう。

ビショップは詩をこんな風に書き出す、「巨大な魚を釣り上げた」とか「海岸だ。港だ」とか「九月の雨が降っている」とか「まだ暗い」とか「太陽はギラギラ輝き空は真っ青だ」とか。そして、そういうありきたりで平凡な書き出しの中にすら、ものごとの真実に寄り添い、そのような真実に直面して力弱く、気もそぞろで、孤独におののくトーンを滑りこませるのだ。

詩の中でビショップは、ほとんど義務か儀式のように、しばしば訂正し微調整した。「地図」の二行目では「影」と書いてすぐ「あるいは水の浅いところか」と問うた。「雑草 The Weed」*8で彼女は、「私は墓に、あるいはベッドに横たわった」と書いてすぐ微調整しなければならなかった。(「少なくとも、冷たい、閉じられた農場に」と)。彼女の詩「魚 The Fish」[*9]で「彼の下唇」と書いたとき、「唇と言っていいかしら」と彼女は問わざるをえなかった。「サントスに着く Arrival at Santos」[*10]で、山々が「自己憐憫に満ち」るのを許す前に、「でしょう?」と入れないではいられなかった。「アルマジロ Armadillo」[*11]で「恒星」と言ったとき、「惑星よ、そうよ」と訂正を入れなくては我慢できなかったし、「イソシギ」ではこう書いた。

シギは走る、まっすぐ突っ走る、自分のつま先を見ながら。

——というより、砂地を見つめながら
　足指の間の、

大西洋が急激にのけぞり、どっと落ちかかるところ(ささやかすぎるディテールはない)。走りながら、動く砂をシギはじっと見る。

ウェスト四番通りでひき殺された白い雌鶏の詩「発見 Trouvée」[*12]でもまた、かつて白かったが「赤と白になった（または、なっている）、もちろん」とはっきりさせることを余儀なくされた。「詩 Poem」[*13]では、「ヴィジョン」という語を使ったとき、すぐにそれを変えたくなった、「ヴィジョンというのは／重すぎる言葉だ」。彼女はもう少し落ち着いた語を見つけた、「私たちの視点、二つの視点」。「三月の終わり The End of March」[*14]で彼女は引退して、「「無をする」／あるいは何もあまりしない、永遠に、二つの何もない部屋で」。彼女の最後の詩の一つ、「サンタレン Santarém」[*15]である教会のことを二回述べ、その都度訂正しなければならなかった。最初は「大寺院、どちらかと言えば」、そして二回目も「大寺院」だが丸括弧でくくられて感嘆符がついている。

この修正衝動は手紙にも現れた。例えば、一九七三年、ロバート・ロウエルに宛ててこう書いた、「ジェイムズ・メリル[*16]と私は、合流読み会——違うわ、連続読み会——をしました——YMHA[*17]で」。

詩（そしておそらく手紙においても）の言葉のさらなる精確さ、細心なる配慮を追求するということは、ある意味でトリックでもあった。つまり、ある声を信じさせ、信頼させる方法、詩が見たもの、あるいは詩が知ったものに忠実であろうとする、最初は何気なくとも、あとから意識的になる詩の成果についてくるよう、静かに読者に要求する方法だった。このトリックが枠を作り、精確さを高め、ものの中核に近づけて、読者との共謀に持ちこんだのだ。だが彼女は同時に、見過ごされてしまったり、きちんと受けとめてもらえなかったり、大げさだとか、曖昧すぎて信用できないとされてしまいそうなことは、どんなことでも警戒した。あの最初の詩「地図」で地図の印刷工が「感情がその原因を大幅に超えてしまうような／興奮」を経験したとき、ビショップはそれが不服であるかのようだった。彼女は、彼女の人生で、より精確にいえば彼女の詩で、そういったことが起こらないように気をつけていた、というか、精一杯気をつけるようにしたのだ。

注

＊1　ロバート・ロウエル――アメリカの詩人。一九一七―一九七七。二度のピューリッツァ賞、全米図書賞などを受賞。

＊2　「イソシギ　Sandpiper」――『旅の疑問　*Questions of Travel*』所収。

＊3　「一粒の砂に世界／野の花に天国」――ウィリアム・ブレイクの最も有名な詩の一つである「無垢の予兆　Auguries of Innocence」の一節。

＊4　ノヴァ・スコーシャ――カナダ東部の州で、三方を大西洋に囲まれた半島。ビショップの母の実家があった。生後八カ月での父の死後、母子は父の故郷を離れ転々とした後、ここに移住する。しかし間もなく母が入院したため、翌年には父方の祖父母に引き取られて、この地を離れることになる。

＊5　「信じざる者　The Unbeliever」――『北と南　*North & South*』所収。

＊6　「ガソリンスタンド　Filling Station」――『旅の疑問』所収。

＊7　ジェラード・マンリー・ホプキンズ――イギリスの詩人。一八四四―一八八九。スプラング・リズムという韻を確立したことでも知られる。

＊8　「雑草　The Weed」――『北と南』所収。

＊9　「魚　The Fish」――『北と南』所収。

＊10　「サントスに着く　Arrival at Santos」――『詩集　北と南・冷たい春　*Poems: North & South - A Cold Spring*』に収録後、『旅の疑問』に再録。

＊11　「アルマジロ　Armadillo」――『旅の疑問』所収。

＊12　「発見　Trouvée」――『北と南』所収。

＊13　「詩　Poem」――『地理三課　*Geography III*』所収。

＊14　「三月の終わり　The End of March」――『地理三課』所収。

＊15 「サンタレン Santarém」——『ニューヨーカー』誌一九七八年二月二〇日号に発表。

＊16 ジェイムズ・メリル——アメリカの詩人。一九二六—一九九五。ピューリッツア賞、全米図書賞などを受賞。

＊17 YMHA——ヘブライ青年協会（Young Men's Hebrew Association）のことと思われる。

私は一人

私たちはそれぞれが独自であり、ほかの人たちも同じように感じる――彼らは彼ら独自である――という感覚は奇妙な考えだ。それはあまりにも明らかな真理で、口にするほどの価値などないことは明らかだ。たいていの人は、この根本的な考えを隠してしまう考えを作り出しては満足しているように見える。

ジェラード・マンリー・ホプキンズは、一八八〇年の夏書いた覚え書きで、個我という概念を考察した。

私が自分の自我を考えるとき、私自身という意識と感覚、すべてに勝り、すべてのものの上にあり中にある「私は」であり「私を」である私自身、エールビールやミョウバンの味より独特で、クルミの葉や樟脳の匂いより際立ち、どんな手段をもってしても他者に伝えられない私自身というものの味わい（子供のとき私は、自分自身にこう問うたものだった。自分と違う誰かであるってどういうものだろうか？）。自然のもので、この言葉にしえざる音の強勢、特有性、自我化、この私自身の自我であるということに匹敵するものはない。ほかの人も同じことを感じている。がだからと言って説明にもならないし、似てもいない。これは、同じようなケースがあり、それらは似ているという限りで説明される現象を増やすだけだ。類似はない、自然を探して私は自我を感知するのだが、感知できるのは自分の自我だけである。

エリザベス・ビショップにとっても、唯一の目、唯一の声、唯一の記憶の個我という考えは、特に劇化されたとき、彼女をさらに孤立させるように思われた。私たち一人ひとりは皆一人ぼっちだということは驚嘆すべきことだと彼女には思われた。彼女の最も率直な自画像的エッセー、一九六一年発表の「田舎のネズミ The Country Mouse」[*1]で、叔母について歯医者の診察室へ行き、外の待合室に座って『ナショナル・ジオグラフィック』誌を読んでいたとき、最初の鋭い自分の独自存在の認識の記憶とともに彼女は次のような結論を下した。「絶対的で完全な荒涼感が私を襲った。私は感じた……「私自身」を。数日で七歳になろうとしていた。私は、わたし、わたし、わたし、を感じてパニック状態で、そこにいる三人の見知らぬ人たちを見た。かさぶただらけの体、ゼイゼイいう肺の中の私は、彼らのうちの一人でもあった」。

十年以上たってから書かれた詩「待合室にて In the Waiting Room」で、彼女はもう一度この最初の孤独な自我、唯一の自己の認識についてじっくり考えた。彼女の詩によくあるように、詩の幕開きではまったく何も起こらない、もしくは、たいしたことは何も起こらない。そしてわかりきった事実にこだわるかのような、当たり障りのない手法を用いたのである。最初の数行、これはほとんど詩と言えるものではなく、控えめなメッセージであり、議論の余地もないことを言っているようだ。

マサチューセッツのウースター
わたしはコンスエロ叔母さんに
ついて行った、歯医者の予約があったので
座って叔母さんを待った

歯医者の待合室で

『ナショナル・ジオグラフィック』誌を読んでいるその子は、裸の黒人女性の写真にぞっとした。そのうちに、診察室の椅子に座って大声で泣いている叔母の泣き声に気を取られた。一瞬彼女は、その泣き声が叔母のではなく、本当は自分の声だと信じてしまう（「何の考えもなしに／わたしはわたしのバカなおばさんになってた」）。それからゆっくりと、彼女は彼女の叔母ではなく、彼女自身だということを思い出す。

だがわたしは感じた、あんたは一つの「わたし」
あんたは、一つの「エリザベス」
あんたも「彼ら」のうちの一人
「どうして」あんたもそのうちの一人でなければならないの?

七歳のときのこの覚醒は、彼女には実に不可思議に思われる。

わたしには、こんな不思議なことは
かつて起こったことがなかったことも、
こんな不思議なことは起こりえないこともわかっていた。

この不思議さとは、自我の孤立性の認識、自己認識も運命もその人だけのものであり、切り離されているという自覚だった。それは世界にとっては自明のこと、だが、その子、ひいては五十年以上後の詩人にとって、まったく不可解なことだった。「どのように――それを表すいかなる／言葉も浮かばなかった――そんな不思議なことって……」。

「待合室にて」は、ビショップの最後の詩集『地理三課 *Geography III*』の最初の詩である。この後に孤立する自我についてのより長い瞑想、最も強烈な孤独についての瞑想であるもう一篇の詩が続いた。「イングランドのクルーソー Crusoe in England」という題のこの詩には、ビショップ自身の経験の響きがあった。この頃までに彼女は、思い出す風景を二つ持っていた――彼女が育ったノヴァ・スコーシャと、何年も住んでいたが今は離れてしまったブラジルと。この詩が扱っているのは、クルーソーによって記憶されることになった孤独であり、人の住む地であるイングランドに生きるということのさらに大きく、もっと深い未知なる孤独だったのだ。
この詩の中で、クルーソーは彼の島を思い出す。

太陽が海に沈んだ、同じ奇妙な太陽が
海からのぼった
そして、太陽一つ、私一つ
島は、すべてなんでも一つずつあった……

独りぼっちであるということに埋めつくされた孤独な空間で、語り手はかつて読んだ詩を思い起こすのだが、思い出すことのできない空白部分がいくつかある。その中にはワーズワースの「ラッパスイセン　Daffodils」の詩の決定的な言葉がある。

「花はその内なる目に光り注ぐ、
それは……の至福」。何の至福?

帰宅して最初にしたことは
その言葉を調べることだった。

その言葉は、もちろん、「孤独」である。

詩の終わりの方に、クルーソーの救出が、無意味を示唆する、ほとんど愚かしいまでの歌うようなリズムの弱強格[*2]で厳然と綴られる。だがそこには、ほとんど憂鬱といえる底を流れるトーンがある。「そしてある日、彼らが来てわれわれを連れ去った」。

そして今、もはや島の捕らわれ人ではなく、孤独に生きる者でもなくなったクルーソーは、自我の内側、他者が侵入する場所の中の捕らわれ人となった。「今私はここに生きる、別の島だが／島らしくはない、でもそうでないとはっきり言える人間はいるだろうか」。

あのナイフ、彼が独りぼっちであったときあれほど大きな意味を持った彼のナイフが、今やまったく役立たずに見える。ナイフもまた、完全に独りぼっちだ。

ナイフはもうまったく私を見ようとしない。

その生きた魂は消え去った。
私の目はそれに留り、そして逸れる。

ビショップのこれらの詩は、すっかりあきらめきったトーンに満たされ、底を流れるのも、あきらめかけてしまっているようなトーンである。しかし、言葉の間の空間に常に何かほかのものがあり、制御されてはいるが完全にではないので、宙に留められたままのカオスあるいはパニックは、それが影にゆだねられているがためになおさら目立つのだ。

注

＊1　「田舎のネズミ　The Country Mouse」――『散文集　*The Collected Prose*』（ファーラ・ストラウス＆ジロー社刊、一九八四年）に収録。本文中の「一九六一年発表」は誤りと思われる。

＊2　弱強格――英詩において、音節をつくるリズムのパターンの最も基本的なものの一つ。ここでの原文は「And thén one dáy they / cáme and tóok us óff」であり、「And→then」「one→day」「they→came」「and→took」「us→off」が「弱い音→強い音」というリズムになっている。

村にて

ビショップが子供時代の一時期を過ごしたノヴァ・スコーシャのグレート・ヴィレッジにある質素な家は、あたり一面深く入りこんだ瀬戸になっている、海岸の一風変わった平坦な地形の中に今でも建っている。その一帯は今にも潮に呑みこまれてしまいそうだ。この村が乾燥地に作られていたとしてもいつも乾いているとは限らないというか、自然の気まぐれとでも言うべき偶然で乾燥しているだけと暗示する。この場所は湿っぽい北方の光に満たされていて、ビショップは彼女の詩「大シカ　The Moose」[*1]の中で描写した。

……長い潮波
一日に二度

湾が海を離れ
ニシンも遠くへ流される

褐色の泡だつ壁になって
川が入るか
出るかは、
湾が満ちるか
引くかによって
変わる。

後年芸術家の隠れ家になったビショップの祖父母の家は、快適で安楽、温かい雰囲気がある。ビショップは「セスティナ Sestina」[*2]の中で少しこの雰囲気をとらえている。「年老いた祖母が／その子とキッチンに座っている」、だが、「祖母が年鑑のジョークを読んでいる／涙を隠して笑ったり話したりしながら」という行のあるこの詩には、ある悲しみ、簡単には言い表せない何かがある。

詩に述べられていないのは、ビショップの父は彼女が生まれて八ヵ月のとき亡くなり、母は彼女が五歳のとき精神病院に入れられ、二度と彼女に会うことはなかったということである。ビショップが大きくなり、遠くに移り住むようになるにつれ、ノヴァ・スコーシャの村とその周辺の景色は、彼女にとって憧憬、夢の場所となった。彼女は、子供時代に起きたことそのままを、詩ではなく（もっとも、詩の言葉と言葉の間に埋めこまれた言葉が、ときどき遠慮がちに顔を出すことはあったが）、二つの散文「村にて In the Village」[*3]と「田舎のネズミ The Country Mouse」に書いた。前者には、起ったことのすべて、村で見たことのすべてに、この子によって均等な重みが与えられている、彼女の母の叫びが、その風景と彼女の記憶にこだまし続けるかもしれないという考えを避ける手段として、「叫びが記憶の中に宙ぶらりんになっている。聞こえないままに——過去、現在、その間の年月の中に。まず第一に、その声は大きくはなかった、おそらく。声は出現し、生き続けた、永遠に——大きな声ではないが、永遠に生き続ける声だった。その音色は、私の村の音になるだろう」。

「田舎のネズミ」[*4]でビショップは、のんびりして素朴で美しいグレート・ビレッジからウースターへの移動について書いている。

相談もなく私の意志に反して、私は父が生まれた家に連れ戻され、貧しい暮らしと時代に取り残された田舎、はだし、スェット・プディング[*5]、不衛生な学校の石板、母の家族のねじくれた発音から救い出されることになった。数週間前まで名前しか知らなかったこの驚くべきもう一方の祖父母との、新しい生活が始まろうとしていた……私は誘拐されたと感じた、実際はそうではなかったのだが。

私がノヴァ・スコーシャに滞在していた間、毎朝潮ははるか遠くまで引いていたので、狭い湾を横切って向こう側の浜辺へ歩いていくことができた。つつましいたたずまいの家々、家と家とは遠く離れていた。人々は礼儀正しく、もの静かで注意深そうだった。私がいた家の鍵をエーモスという男からもらった。ビショップの詩「大シカ」に出てくる名前である。最初の日の午後遅く、突然外で水がごうごうと大音響を上げるのが聞こえてきて、私は大洪水か何か起こったと思ったのだが、本当にそれはダムが決壊したか海水位が上がってついに私たちすべてをのみこむかと思われるほどのすさまじい轟音だった。ほんの数分で湾全体が大量の水でいっぱいになった。嵐が襲ってきたとか、大雨が降りだしたというようなものではなかった。もっと急速で、ほとんど狂暴なくらいだった。これが、ビショップが「大シカ」で言及している「長い潮波」の一つだった。

この詩への最初の言及は、一九四六年、グレート・ビレッジからボストンへの旅についてマリアン・ムーア[*6]に宛てた手紙の中に見られる。

私はバスで帰ったのですが——ひどい旅でした、でも、そのときは一番便利だと思えたのです——バスが夜遅く農場を通りかかったときは、懐中電灯と提灯で歓声を上げて迎えました。翌日の朝早くちょうど曙光が射す頃、運転手は、道に出てきた大きなメスの大シカのために急に止まらなくてはなりませんでした。大シカは肩越しに私たちを見ながら、ゆっくりと林に入っていきました。バスの運転手は、ある霧の深い晩、オスの大シカが眼前にぬっと姿を現したので、この大シカがエンジンの匂いを嗅いでいる間、バスを停めていなければならなかったと話してくれました。

この旅から十年後、詩はまだ書かれていなかった。一九五六年、ビショップはグレイス叔母に書いた。「ノヴァ・スコーシャについての長い詩を書きました。この詩は叔母さんに捧げられています。活字になったら一部送ります」。十六年後、その詩は完成した。グレイス叔母に彼女は書いた。「大シカというタイトルの詩です。（大シカはあなたのことではありません）」。ビショップは、一九七二年のハーバード・ラドクリフ合同ファイ・ベータ・カッパ・セレモニー[*7]でこの詩を読んだのだが、後ほど彼女は、ある学生のこの詩についての意見を聞いて喜んだ。「詩としては——悪くなかったです」。「すごく褒めてくれていると思う」と彼女はある友人への手紙に書いた。

この詩は、ビショップにとって一番快適な空間に位置する。だいたい居心地よくスタートし、論評なしに事実と描写だけに専念するのだが、まるで何か破壊的なことが起こった場所でカメラが動くかのように、このやり方にはどこか動揺させるものがある。カメラがしていることはと言えば、ささやかなディテールを拾い出して怖いという感覚を除外すること、というか脅威の不在を撮ることで脅威を撮ることに成功し、これによって、よりいっそう真に迫って効果的に脅威をとらえているのだ。

この詩の出だしの六連は一つの文章になっているのだが、破局はほのめかされてすらいない。ただ、描写があまりになめらかで素早く、押韻があまりに耳に快く優しく響き、雰囲気がとても伝統的で地方色豊かなので、これらすべてを覆す何かが起こるのは必然だという含みを残してはいるものの、こういった端正さがどのように破壊されるかはわからない。

この詩は、凡庸なる景色という思想を打ち立てるかのようだ。うらぶれた伝統的世界をバスで走り抜けるというこの経験は、因習と弛緩、村社会の感性を示唆している。語り手にも主人公にもなることを拒絶するビショップは、ここで作曲家のような行動をする。短調のメロディとともに、緩慢なトーンとアンダートーンに沿って、カデンツァを一瞬差しこみ、しばらくとどまらせ、ドミナントと入れ替え、そして、より洗練された神秘的な形で再来させるというように。[*8] 夜のとばりが下りてバスが長旅を開始するとき、詩の表現には並々ならぬ巧みさが必要となる。

乗客たちは深々とシートに身を沈める。
いびき。大きなため息も。
夢はゆったりと心なぐさむ

夜の中
穏やかな音の
ゆるやかな白昼夢……

バスの後部座席の会話がだんだん、ぼんやりとだが聞こえてくる。とりとめなく、詩の内なる音楽の一部となるか、あるいは、詩が語る念入りなディテールになるかもしれない。一シーンを撮るところから顔を撮るところへ移行、そしてその顔の目によって見られた世界を撮る方へとカメラが移行するのと同じやり方で、詩がある一つの感性の核心に移行するのが徐々にはっきりしてくる。彼女は、バスの後部座席から聞こえてくる声を聞いている。

祖父母の声が

さえぎられることなく
話している、永遠の中で

名前が口にされ
すべてがついにはっきりする
彼はこう言った、彼女はああ言った
年金もらったのは誰か

死、死と病気
彼が再婚した年
(何かが) 起こった年
彼女は出産のとき死んだ
そのとき生まれた息子だ
スクーナー[*9]が沈没して死んだのは

このふと耳にした声が、再び家の声、思い出された家の声となる。詩は、祖父母の声からバスの中の声へ、そして再び祖父母の声へと戻る。ちょうど、一つのヴァイオリンが演奏する一つのフレーズから、一つのヴィオラへ、一つのチェロへと動き、それから第二ヴァイオリンへ、そして、二楽器から三楽器、そして全四楽器がそろうプロセスで、どの楽器もカルテットの中の自分自身の役目を忘れることなく、ハーモニーあるいはユニゾンで演奏されていると同時に、それぞれ独自の楽器として奏でられているのだ。

そしてそこで、まるで吹奏楽器かドラムの音がその平衡状態に割りこんだかのように「一頭の大シカが／深い森から現れ／立つ、というより、ボーッと浮かぶ／道の真ん中に」。これは詩だから、この大シカが何かを意味していると言うのはたやすい――例えば、自然の中の永遠なるものとか破壊的要素とか、ものごとの不可思議さとか――単なる一頭の大シカ以上の何かを。しかし詩は、それが何かを意味するという考えに抵抗する。そうではなくそれは何か「なのだ」。それは、問題の特別な夜がもつ顔であり、ほかにいろいろな理由がある中で、記憶に留まったまさにそのあり方ゆえに忘れられないのである。言い換えると、それはお手軽なメタファーではない、それはおよそメタファーなどというものではない。（あるいは、この場合はシンボルでもない）。強調するが、それはメタファーである前にまず大シカであり、そしてずっと後になってもそうなのである。

これらは後年の詩で、多くは記憶を題材にしている。それは、何かを解決しようとか、過去の何かをノスタルジックな絵にしようとかではなく、ちょうど十七世紀のオランダ絵画が制作されたように制作されているのだ。一九五四年にビショップは、ブラジルでフェルメールの複製画の本を受け取ったことを記し、その一年後、彼女の詩をフェルメールの絵になぞらえたことのある、詩人であり評論家であるランダル・ジャレル[*10]に宛ててこう書いた。「私が言わなくても、いつか誰かがフェルメールを思い起こしてくれるのが私の夢の一つでしたので、今私はかなり平和な心境で死ねると思っています」。

オランダ絵画には、写実的で、ディテールによって埋め尽くされている何かが描かれている、しかし、光と影のたわむれにおいて、人と事物の配置において、形の描き方において、簡単でも明白でもないままに、どの暗示も完全なる暗示となっている。同じように、ビショップの後期の詩の奥深い力は、口にされたことと、その下に横たわるものから生まれる。それらの詩は、感情を内包するために厳正なディテールを使用し、そしてさらに多くを暗示し、そうやって読者を未確定で落ち着かない状態のままに取り残すのだ。

一見最も野心的でないと見えて実は最も野心的な後期の詩の一つが「三月の終わり The End of March」で、調子は散漫ともいえるくらいの詩である。何気ない海岸のそぞろ歩きを描写しており、その構造には、あてどない流れと鋭くまっすぐ焦点を定められた基調とがある。何も大して言うことはないかのように、ビショップのいつものさりげない調子で詩は始まる。「寒くて風の強い日で／あの長いビーチを歩くような日じゃなかった」。

それから彼女は続ける、あたかも自分自身の方法を述べるかのように。「すべてができる限り内側に引きこまれ／内攻した」。彼女が描く浜辺と海の風景は、さりげない言葉にもかかわらず、奇妙なくらい強烈な憂いがある。そこを支配する精神は、フェルメールよりセザンヌにより近い。または、表面に空白のままの部分が残る、北方版セザンヌというべきものにより近い。あるいは、ほぼグレーか抑えた色調でなまなましさと不在を描くデンマーク画家、ヴィルヘルム・ハンマースホイの絵と似通うところが多い。次から次へと繰り出される詩句は重なり合い、それら詩句の向こうにある神秘的な何か、その内側へと目を引きつけ、あるいはおそらく異質ともいえる荒涼たる風景へと心を引き寄せるのだ。

潮はずっと向こうに引き、大洋は縮み
一羽だけの海鳥もいれば連れと一緒のもいる。
騒々しい、氷のような沖合の風は
顔の片面だけ凍えさせ
空を渡るカナダ雁の
編隊を崩し
そして吹き戻した、聞き取れない低い音の大波を
直立する鋼色のもやの中に。

ジョナサン・スウィフトがしたのと同じように、宇宙の中のわれわれの大きさをビショップが沈思する詩がいくつかある。どんなときにどんなふうに見るかによって、私たちが大きくなったり小さくなったりするということをだ。初期の詩「人─蛾The Man-Moth」[*11]を例にとれば「人間の影はほんの帽子の大きさ」、「イングランドのクルーソー　Crusoe in England」ではこうだ。

もしそれらのサイズが
火山の大きさなら
私は巨人になっていたのだ。
で私が巨人だったら
考えるのも空恐ろしい気がする
ヤギやカメは
あるいはカモメ、あるいは渦を巻いて重なりあう大波の大きさは……

「十二時のニュース　12 O'Clock News」*12では、ランプ、タイプライター、灰皿といった小さな物たちを慎重に観察し細心の注意を払って記録するかのような軍隊風の見方によって由々しき事象であるかのように表してみせる。

さて、「三月の終わり」で、砂の上に実際よりずっと大きな足跡がある。「すごく大きくて／ライオンの足跡に近い」犬の足跡、それと「限りなく伸びる長い長い濡れた白い糸」。一体何かはわからない、爪は見えないが、おそらく爪の糸だろう。献辞から詩人は他に二人の人と一緒であることがわかる、だがビショップの常として、仲間というのは喜ばしいものでも当然のものでもなく、疑問視し、左見右見し、やがて静かに黙殺される、あるいは、ひそかに傷つけられるものでしかない。

第三連で彼女は私たちに、あのよそよそしい海岸沿いの「私の原初の夢の家／私の暗号の夢の家」までたどり着きたいのは、「私たち」というよりは「私」だということを知らせる。「私はあそこへ引退して「無」をする／あるいは何もあまりしない、永遠に、二つの何もない部屋で」。

ここには、悲しみと同じくらいの自嘲が、あきらめと同じくらいの皮肉がある。異なる韻律の二行が不安定な調子を形づくる。これは話す声だ。それはまた夢見る心だ。さりげないと同時に意識的であり、気まぐれであると同時にあきらめに満ちているのだ。

だがビショップにとっては、そのような夢の家は失望を誘うだけだし、もうそこにはない。この詩では夢の家は「完璧！　でも、存在するわけがない」。実際その家は三月のその日には目にされることすらない。

そしてその日は風が冷たすぎ
そこまで行くこともできなかった
そしてもちろん家は板張りされていた。

それから彼女はライオンのイメージの太陽で詩を終える。

——前の引き潮に海岸を歩いた太陽が
あの大きく、荘厳な足跡を残した
たぶん一緒に遊ぼうと思って、空から凧を撃ち落として。

およそ気まぐれな指の動き一つで生死を操る力をもつ謎めいた形象という観念が、一九五〇年代の終わり頃ビショップが何度も書き直した「短い緩慢な生　A Short, Slow Life」という未発表詩に再び出てくる。

私たちは時間のポケットに生きていた。

窮屈で暖かかった。
川の黒い縫い目に沿って
何軒かの家といくつかの納屋と二つの教会が
グレーの柳と楡の綿毛の中に白いパン粉のように
隠されていたが
とうとう時間が指を動かした。
彼の爪が板葺き屋根をひっかいた。
乱暴に彼の手が入りこみ
私たちをはたき出した。

時間が家に入りこみその居住者たちをはたき出すというのは、強引で攻撃的なイメージだ。ビショップは力というものに不安を感じていた。嫌というほどそれを見たのだ、おそらく。彼女はこの詩を発表しなかった。同じ時期にブラジルで書かれた別の詩においては、時は容赦なしという考えにより穏やかに向き合った。この詩「雨季に寄せて　Song for the Rainy Season」[*13]で彼女は、彼女と彼女のパートナー、ロタ・デ・

マルセロ・ソアレス[14]がともに暮らした、ペトロポリスの丘にあったモダンな家のまわりの美しい情景を描写している。彼女は、自然界を喜びとともに注意深く描き、「乳白色の日の出」が、「目に優しい」とまで書く。しかし、彼女の傷ついた感受性は、これらのことがらを単なる序章としてのみ楽しみ、続く部分で彼女は詩人としての全スキルを動員する。押し留めたり、それから示唆したりする全能力、彼女自身の喪失と孤独の真実に近く近く迫り、それすら究極の喪失、究極の孤独の前奏曲にしてしまうのだ。

なぜならのちの時は
変わっているだろうから
(私たちすべての小さい影のような
人生を、殺す
あるいはおびえさせる
変化よ!) 水なしで

大岩は磁化することなく
見つめる
裸で
虹もなく雨もなし
赦しの空気は消え
高みの霧は晴れた。
フクロウは移り
いくつかの
滝は干上がる
照りつける太陽のもとで。

注

＊1 「大シカ The Moose」——『地理三課』所収。

＊2 「セスティナ Sestina」——『旅の疑問』所収。

＊3 「村にて In the Village」——『ニューヨーカー』誌一九五三年一二月一九日号に発表。

＊4 ウースター——マサチューセッツ州ボストン郊外の町。ビショップの父の故郷で、ビショップもここで生まれたが、父の死後はこの地を離れる。一九一七年、母親の入院に伴い、母の故郷ノヴァ・スコーシャから、この地に戻されることになる。

＊5 スエット・プディング——スエットと呼ばれる牛、羊などの腎臓のまわりの脂を使ったプディング。もともとはイギリスの伝統的な庶民の料理。

＊6 マリアン・ムーア——アメリカの詩人。一八八七—一九七二。ピューリッツァ賞、全米図書賞などを受賞。ビショップとムーアの交流については、本書「バルトーク・バード」の章などで語られている。

＊7 ハーバード・ラドクリフ合同ファイ・ベータ・カッパ・セレモニー——ハーバードはマサチューセッツ州ケンブリッジの名門大学、ラドクリフは同州ボストンの名門女子大、ファイ・ベータ・カッパは名門学校の成績優秀者が所属する歴史ある学生友愛会。

＊8 ……カデンツァを一瞬差しこみ、しばらくとどまらせ、ドミナントと入れ替え……——カデンツァは、曲や楽章の終わり近くで即興的に演奏される部分のこと。ドミナントはその調の属和音、すなわち主音の第五度を根音とする和音のことで、曲調に変化をもたらしながら盛り上げる。ここでは詩をさらに展開させる効果をもつものの譬えとして使われている。

＊9 スクーナー——二本以上のマストに縦帆のついた帆船。

＊10 ランダル・ジャレル——アメリカの詩人、評論家。一九一四—一九六五。

＊11 「人─蛾 The Man-Moth」──『北と南』所収。

＊12 「十二時のニュース 12 O'Clock News」──『地理三課』所収。

＊13 「雨季に寄せて Song for the Rainy Season」──『旅の疑問』所収。

＊14 ロタ・デ・マセド・ソアレス──ブラジルの女性建築家。一九一〇─一九六七年。本名はマリア・カルロタ・コスタラット・デ・マセド・ソアレス。政治家の名門一家に生まれ、ビエンナーレ建築賞を受賞するなど活躍するが政治闘争に巻きこまれて失脚する。ビショップとは一九四二年にニューヨークで出会った後、一九五一年にリオで再会、その後、移住してきたビショップと同居を始める。約十五年間にわたり、恋人、家族として暮らすが、一九六七年にニューヨークで事故死。ビショップとソアレスの関係については、本書「歴史からの逃避」の章などで語られている。

喪失の技巧

私もやはり時の手が入りこんだ家の出だ。私が八歳だった一九六三年の終わり近く、アイルランド南東のエニスコーシーという町で、ある日学校から帰ると両親が鏡を覗きこんで立っていた。お父さんは手術を受けることになるだろうと、母が言った。覚えているのは、母が私自身と鏡の両方に、もちろん父にも、語りかけ、父は鏡の中の話している母を見ていたこと。私もそうしていた。このときからしばらくの間――四カ月か五カ月くらい――私と四歳だった私の弟は、遠いところに住んでいた叔母に世話をしてもらっていたのだが、私たちは両親に会わなかったし、彼らのことについては何も聞かされなかった。二人はダブリンにいた。それは知っていた。父は入院していたのだ。

再び父に会ったとき、父はエニスコーシーのもう一人の叔母の家に戻っていて、部屋の一隅にある椅子に腰かけていた。頭の片側に大きな傷跡があった。手術で縫い合わせた跡は縫合が下手だったようで、皮膚が引きつれていた。父は脳の手術を受けたのだ。立ち上がったとき、父はゆっくり努力して歩かなければならないことがわかった。あのとき父が喋ったかどうかは覚えていないが、すぐにわかったのは、私だけでなく誰でも、彼が喋っているときものすごく集中して聞かないと言うことをまったく理解できないということだ。

その頃、私は私自身の言葉の問題を抱えていた。いつ始まったか、弟と私が叔母の家に泊まるようになったときより前か滞在中か、あるいは戻ってきてからかはっきりしないのだが、一九六四年のあるとき、私はどもるようになった。このどもりはしばしば非常に深刻で、硬い子音[*1]で始まる文が言えない。特に悪夢だったのは私自身の名前で、人に尋ねられても自分の名前も苗字も言えなかった。なんとか努力して言おうとしたのだが、音が出てこなかった。今でも誰かに名前を聞かれると、私は息を整えなければならない。何年かたって、何気ない会話の中で私は、父もかかっていた同じ言語セラピストのところに一度連れていかれたことを知ったが、私はすべての文を軟らかい音で始めたに違いない、セラピストは問題があるとはまったく気がつかなかった。

私は、沈黙、つまり押し留められているもの、認識されてはいるが言葉にされなかったものと親密な関係にある。例えば、手術後部屋で父に会ったのだが、その部屋へ入っていく前に、誰も私に何も言わなかったことは確かだ。また後になっても、彼の言葉を理解するのが難しいこと、私の言葉にも問題があるということを誰も口にしなかった。でも、何と言えばよかったのだろう？　三年半はそんなふうに過ぎ、私たちもそういう状態に慣れた。一九六七年七月に父は亡くなった。葬式の日、家は人々でいっぱいだったが、その後にはまた沈黙があった。ほかの兄弟たちはそれぞれ自分の仕事へと帰っていったが、弟と私は母と一緒にそこに留まった。私たちは父のことを考えた、まあときどきは考えた、だが、父のことについて語り合ったりはしなかった。

父の死から六週間後、私は、父がかつて教師をしていた学校に入学した。その年一九六七年九月の入学とほぼ同時に、私は詩を発見した。科学とかラテン語を勉強しなければいけなかったのだが、私たちの小さな家の居間で私は詩を読んでいた。イエーツの初期の詩を何度も何度も読み、その後は、何でも手当たり次第読んだ。母は詩集や詩選集を何冊かだけ持っていた。結婚する前、彼女は詩を書いて発表したことがあったのだ。『ペンギンブック現代詩選集 *The Penguin Book of Contemporary Verse*』が家にあった。この本を通じて私は、W・H・オーデン、ルイ・マクニース、[*2]ウィリアム・エンプソン、[*3]トム・ガン、[*4]シルヴィア・プラス[*5]らの詩と出会った。まもなく、A・アルヴァレス編の選集『ニューポエトリー *The New Poetry*』[*6]を手に入れたが、これにプラスやガンの詩がもっと多く入っていた。オーデンの『壁のない都市 *City Without Walls*』を図書館から借りてむさぼり読んだ。自分でも詩を書き始めた——最初の詩は、まわりに一本の木も生えていない風景の中にぽつんと立っている木を歌ったものだった——それから私は、カプチン派[*7]の出している『アイリー』という雑誌に私が書いた何篇かの詩が採用されて出版されているのをたまたま発見した。少ない金額ではあったが報酬も送られてきた。このことは誰にも言わなかった。それで、叔父がこの雑誌を発見して私の名前を見つけ、印刷されたその詩を家族全員に見せたときは、ショックで恥ずかしくてたまらなかった。

十五歳で私は寄宿学校へ入ることになったが、そのとき、学校の本以外は持っていってはいけないと言われた。それで、詩を持っていこうと思って、一九七〇年の八月ひと月かけて詩をノートに手で書き写した。クリスマス休暇にダブリンへ旅したときには、シルヴィア・プラスの『エアリエル　*Ariel*』とシェイマス・ヒーニー[*8]の『ナチュラリストの死　*Death of a Naturalist*』を買った。一九七二年大学に入ったが、この年までにはロバート・ロウエルの詩のいくつかは知っており、それらを通じて、エリザベス・ビショップの名前にぶつかったのである。彼女のチャットー・アンド・ウィンダス版『詩選集　*Selected Poems*』を、一九七五年イースターの休みにロンドンのキャムデン・ハイ・ストリートのコンペンディウム書店で買ったことをはっきりと覚えている。私は十九歳だった。

今思うと不思議だが、あのとき私が一番好きで暗記した彼女の詩は、「シルク・ディヴェール　Cirque d'Hiver」[*9]だった。「機械仕掛けのおもちゃ」についての詩で、綿密な韻構造と童謡によく似たトーンをもつ詩だった。

床を飛び回る機械仕掛けのおもちゃが
何世紀も前の王様好み
白い本物のたてがみの小さいサーカスの馬
光沢ある黒い目

踊り子を背中に乗せて

この詩は、絶対的に楽しく、何気なく、ほとんどふざけているような調子なので、その底に正反対のものが流れているとはなかなかわからない。不思議なことだがほかのものは切り捨ててでも、この場面の偉大で快活なディテールを観察する時間とエネルギーによって、その流れは見えるようになってくる。この場面に長時間集中しているうちに、世俗のことは締め出しておいても大丈夫だとほのめかし、たいした問題じゃないと、この詩は私になぜだか思わせてくれた。ともかく、「彼女の心と魂を貫き通す小さな棒」を持つ馬上の踊り子は、詩の終わりまでずっと私たちに背を向けている。そして詩人と馬の目が合う。

かなり絶望的に互いを見て——
彼の目は星のようだ——
見つめあって言う、「そう、こんなに遠くまで来たんだよね」

一九七五年九月にバルセロナへ行ったとき私は、赤いスーツケースにビショップの『詩選集』を入れて持って行った。それは宝物のような一冊になっていた。私はそのとき旅をしていたわけだが、ビショップが旅をしていたという考えが気に入った、そして私は、安易な、あるいは明白なドラマを避けるビショップのトーンに気づいた。彼女は、感情を暗示するため、感情を隠すため、そしておそらくは感情に仮面をつけるために、ディテールとトーンの変転を用いたのだ。そしてこれが私にあることを教えてくれたし、今も教えてくれている。またビショップは海について書いたが、私たちは毎年夏に必ず、海の近くのアイルランド南東、バリコニガー・アッパーあるいはクッシュというところで過ごした。私の通った大学のあるダブリンも海に面していた。バルセロナも、私が過ごしたほかの都市、ブエノスアイレスやサンフランシスコと同じく海のほとりだった。これを書いている部屋からはハドソン川が望める。この川は潮のせいで逆流するように見えることがときどきある。

バルセロナへ着いてほんの数日しか経っていなかったのに、もう私はここへ腰を据えたいなと思っていた。自分は逃げおおせたのだという気持ちになることもあった。故郷に代わる場所を見つけたのだ。故郷で起こったことをじっくり考える必要はもう二度とないだろうと思った。実際、バリコニガーの崖の赤土や海にかかるくすんだ灰色の雲は、地中海の華麗さに比べるとつまらなく思われた。キラキラ輝き娯楽に満ちたこの新しい都市に見出した生活は、私が育った家からはるかに離れ、あの喪失、あの沈黙から遠く隔たっていたのだ。

私は、くだらない管理体制カトリシズム、保守政治、そして、自動車の時限爆弾や武力衝突やナショナリズムの形を借りてまたもや頭をもたげてきた、どうしようもない歴史問題を抱えた一九七五年のアイルランドからも逃げてきていたのだった。プライベートな世界を見つけたいと思ってのことだったのなら、それは来るところを間違ったというべきだろう。スペインに着いて二カ月のうちにフランコ将軍が死に、公の領域がわれわれの生活に奔流のごとく入りこんできたのだ。カタランのナショナリズムは、奇妙にもアイルランドのナショナリズムの鏡像となった。スペイン内戦の遺産は日常生活の一部分であった。私の最初の小説『南 *The South*』で、ある女性について書いた。彼女は歴史が影響を与えない場所を探して一九五〇年代にアイルランドからバルセロナへ来るのだが、歴史は不気味で執拗な痕跡を残すものだということ、先祖の声から逃れようというそもそもの動機ゆえに、歴史は個人生活をなおいっそう激しく荒廃させるものとなるのだということを発見するのである。

一九八三年夏、私はポルトガルのアルガルヴェ地区のホテルの部屋でこの小説を書いていたのだが、袋小路に入りこんでしまっていた。二人の主要登場人物は、私が引く道筋をたどっていた。彼らはエニスコーシーを離れてバルセロナに降り立ち、そこで暮らしていた。到着の際のいろいろな謎、新しい都市の興奮、そこに定住することについて、そして自分の国を離れて選択した地に落ち着くことの混乱についての章も書き終えていた。カタロニアの内戦から受け継いだものについての章もすでに書いてしまっていた。だが小説は終わらなかった、何かほかのものが必要だった、だが、それが何かわからなかった。アイルランドの画家、バリー・クックが、一枚の絵を描き始めることについてかつて私に言った言葉を思い出した。「マークをつけるんですよ」。私は手動タイプライターで仕事をしていた。少し目をつぶる、何も考えない、目を開け、一語書く、何でもいいのだ、それでどうなるか見る。私は書いた、「海」。それから書いた、「海の上にかかる灰色の輝き」。

突然、私はアイルランド特有の空模様をしたアイルランドの風景の中に、いやそれだけではない、特定されたまさにその場所――ウェクスフォード海岸沿いのバリコニガー浜辺――に戻っていたのだ。私は人物たちをそこへ移動させた、すると、彼らを引き立てる静かで、安定し、憂いのあるトーンを見つけ出したのだ。靄がかかっていると思ううちに霞となり、ふんわりした雲がすぐに暗くなって雨に変わる、多様なアイルランドの夏の天気のもとでさまざまな顔を見せる海岸は、南の方、カラクロウへと伸びていっている。そういう風景について書く方が、スペインについて書くより容易で、文章を書くにも緊張は少なかった。

私は驚いた。家族に会いに私は定期的にエニスコーシー――バリコニガーから十マイル奥へ入りこんだところだ――へ帰っていたが、この場所が小説に書けるものとなるとは考えてもみなかった。完全に私の血肉となりきっていたので、そこにドラマがあるとは思わなかったのだ。それに、当時は名前をつけてはいなかったのだが、そこは喪失の場所であり、私は喪失から逃亡していたのだとも。それなのに結局私は、『南』の中で喪失について書いていたのだ。喪失は決して私から去ろうとしない。しかし、私は痛みのもともとの源泉からこんなにも離れた別の風景の中に、それを配置していたのだ。

この小説の場合、私は、性と性的魅力、芸術についての考えから書き出したのだが、エグザイルと悲しみについて書くことで終えた。次の小説では、政治と歴史について書き出した。だがそれは、アイルランド海岸の上に堅固に据えられた、内的エグザイルと悲しみについてのストーリーになった。

そのとき、そこで起こったことは、私が計画していたわけではない。次に書いた小説はブエノスアイレスに設定された——一九八五年、私はここに住んでいた。その次の小説は、もう一度アイルランド海岸線に沿って設定されただけでなく、私が育ったまさにその家に初めて設定されたのだった。自分では容易にはコントロールできない一つのパタン——逃避、帰還、逃避、帰還——が始まった。

二〇〇八年、ある朗読の仕事のためにその日サンフランシスコから飛び、ノヴァ・スコーシャのハリファックスに到着したときのことを思い出す。暖かい春の土地から空気に氷を感じさせる土地へ来て、自分が属する冷たく厳しい風土にいるのだ、この冷たい春を逃れようという試みの本質は、今私が、ほとんど愛着があると言ってよいくらいの冷たい北の空気を吸いこんだら消えてしまう、ほんの一時的なものだったのだ、という強い安堵の気持ちを持ったことを思い出す。だが、それとは反対の反応が起きる場所もあった。サンフランシスコの黄金の朝、すべて生きとし生けるものたちが生い立つのを見て、やわらかい、この上なく美しい光さえあれば十分だと感じ、また、自然が純粋に強烈に甘美に私の目に映し出されると、ほかにはもう何もいらないと思ったものだ。

私の場合、小説や短編小説は、ある考えとか記憶、あるいはイメージがリズムに移行するとき生まれる。これはほとんど自然発生的で、最初の衝動とリズムがほとんど分かちがたくなったとき、初めて作品が出現する。私がフィクションに携わってきた過去三十年間、衝動とリズムは私を故郷から遠ざけてきた——スペイン、アルゼンチン、アメリカ、そしてイスラエル——その後に、私を小突き、力ずくで引っ張って、アイルランド南東の湿った空気と鈍い光に連れ戻し、そこで起こったことへ、喪失の場所へ、喪失そのものへ、微細なことがらへ、あの空間そのものへと、だんだん近づかせるのだ。

こうして私は、エリザベス・ビショップの最後の著書『地理三課 *Geography III*』を読んだとき、どこかほかの土地へと心が動くにもかかわらず、ある一つの場所へ引きつけられることを扱った詩、最大限の配慮と精密さでもって彼女の喪失の場所、ノヴァ・スコーシャを扱った詩を読んだとき、自分が知っている、感じている何かを私は見たのだ。一九七八年に私は前年出版された『地理三課』を読んだ。スペインからアイルランドへ帰った年だ。私は二十三歳で、詩作はもうやめていた。北と南の、故郷とそれ以外の地についてのビショップの詩の方法論が、自分の書くフィクションの作品につきまとい、滋養を与えることになるということは、その頃の私にはわからなかった。ただ私は、喪失を暗示し、見慣れぬものをさらに疎遠なものとする彼女のやり方という点で、彼女の詩のトーンに興味を持っていた。一九八五年、初めてのブラジルへの旅の間ずっと、彼女は私の心と視野の中にあった。

注

＊1　硬い子音――p、t、kなど発音するとき口の筋肉を緊張させる音を指す。

＊2　ルイ・マクニース――アイルランドの詩人。一九〇七―一九六三。イギリスでも活躍した。

＊3　ウィリアム・エンプソン――イギリスの文学批評家、詩人。一九〇六―一九八四。

＊4　トム・ガン――アメリカの詩人。一九二九―二〇〇四。イギリスに生まれ、五〇年代にムーブメント派の一人として活躍後渡米、西海岸を拠点に活躍した。ビショップとガンの交流については、本書「ただで手に入るわずかなもの」の章などで語られている。

＊5　シルヴィア・プラス――アメリカの詩人、小説家。一九三二―一九六三。長年鬱病に苦しみ、三十歳で自殺する。没後ピューリッツァ賞受賞。

＊6　『ニュー・ポエトリー　*The New Poetry*』――イギリスの詩人・批評家のA・アルヴァレスがが編者を務めた本書は一九六二年刊行、広く読まれたアンソロジー。

＊7　カプチン派――カトリック教会の修道会の一つで、厳格、簡素を特色とする。

＊8　シェイマス・ヒーニー――アイルランドの詩人。一九三九―二〇一三。ノーベル文学賞などを受賞。『ナチュラリストの死』は第一詩集。

＊9　「シルク・ディヴェール　Cirque d'Hiver」――『北と南』所収。

自然が目に出会う

一九八五年の春、私はしばらくリオ・デ・ジャネイロのフラメンゴ・パーク[*1]近くの狭い通りに宿を取っていた。コパカバーナへも何度か泳ぎに行った。それはビショップの死と、彼女の最初の伝記と書簡集『一つの技術 *One Art*』[*2]上梓との間の期間で、一般読者にはまだ彼女はほとんど知られていない詩人だった。例えば彼女が十五年にわたって定期的に、コパカバーナ海岸を見晴るかすアパートで暮らしていたことを、私は知らなかった。「本当に素晴らしいアパートなのです」、彼女は一九五八年ロバート・ロウエルに書いた。「ですから、どんなに家賃が高くなっても手放すまいと思っています。十一階ビルの最上階で、二面にテラスがつき、有名な湾と海岸が見渡せます。射撃場の射的のように船がひっきりなしに運航し、人々が犬を散歩させています――毎朝七時、ブルーの短パンをはいたいつもの老紳士は二匹のペキニーズを連れて――夜は、モザイク模様の歩道を歩く恋人たちが、犬の糞だらけの砂浜にとてつもなく大きな影を投げかけます」。

思い出すのは、私がそこに着いて最初の土曜日のショックだ。海岸でたくさんのサッカーの試合がとてつもないスピードと狂暴さで行われるのを見たときのショックだ。選手たちは美しく、サポーターはゴールのたびごとに爆竹を鳴らし、爆竹の音がアパートにホテルにこだました。試合は暗くなるまで続き、そしてまた別のドラマが始まった。『ライフ』誌の編集者と共同執筆をした彼女の本『ブラジル *Brazil*』[*3]の中でビショップはこう書いた。「夜に田舎道で、海岸で、町の家の戸口で、かすかなろうそくの火がしばしば見える。黒いろうそく、葉巻、黒ビンのカシャッサ[*4]、あるいは、白いろうそく、白い花、チキンと透明ビンのカシャッサ――これらはマクンバ[*5]のおまじないや捧げもので、数百万のブラジル人がこの黒魔術を信仰し迷信的に帰依する証拠である」。

私は、一人の四十代の女性とその娘と思われる少女が、海辺に跪いているのを見ていた。彼女たちは、砂の上に置いておいた赤いバラを取り囲むろうそくに火をつけた。酒のグラスも砂の上に置いてあった。サッカーの爆竹も歓声もすでに止み、かすかな記憶だけが残っている。二人の女性は海と向き合い、絶望的なまでの集中力で手を捻じ曲げて、灰色の波が寄せるのを見つめていた。

これが、ビショップの最良の詩が生き残った空間だ。彼女は、ロバート・ロウエルが一九四七年に『北と南　*North & South*』についてのレビューで「倦怠感に満ちてはいるがずっとうごめき続ける何か」と呼んだものを現出させ、そしてそれから、精密で特殊なもの、純粋に人間的で脆いもの、ロウエルが「休息、睡眠、成就、あるいは死」と特定したものへと移行したのである。ビショップは、エキゾチックなもの、はかなくて騒々しい、取るに足らない瞬間が大好きなのだが、結局最後には、彼女の目はいつも何か別のものに惹かれた。彼女の目は、その炎と水際に跪く女性をとらえたのだ。一九六九年の未発表詩「レーメのアパート　Apartment in Leme」で、朝、彼女のアパートから見たビーチについて彼女は書いた。

白いろうそくの灯芯は黒く湿っている
夕べ来るはずだった女神さまのために捧げられた
白い酒の入った緑色の壜

しかしながら、私がリオに滞在していた一九八五年、ビショップについて私が知っていたことといえば、彼女が詩で語ったこと、彼女の本に書かれている略歴、一九八三年に出たイアン・ハミルトンのロバート・ロウエル伝に描かれた、影のような人物像以外にたいしてなかった。同じ年、デニス・ドノフーが『カオスの目利きたち *Connoisseurs of Chaos*』[*6]新版で次のように書いた。

エリザベス・ビショップは、一九一一年二月八日、マサチューセッツ州ウースターで生まれた。彼女の父は彼女が生まれて八カ月後に亡くなった。精神を病んでいた彼女の母は長く病院にいた。エリザベスが五歳のとき、彼女はノヴァ・スコーシャのダートマスの病院に移された。エリザベスは再び母に会うことはなかった。彼女は、あるときはノヴァ・スコーシャの祖父母に、またあるときはボストンの母の姉によって育てられた。十六歳でボストン近くの寄宿学校に入り、そこからヴァッサー・カレッジへと進んだ。……一九三八年から十年間、彼女はフロリダのキー・ウェストで過ごした。一九四二年彼女は、ニューヨークでブラジル人、ロタ・コスタラット・デ・マセド・ソアレスに出会った。一九五一年から二人はブラジルのペトロポリス近くに家を一軒、リオ・デ・ジャネイロにアパートを一戸共有した。ビショップは十五年間ブラジルに滞在し、詩を書き、現代ブラジル詩人の詩を翻訳し、ブラジルについての本を一冊書いた。一九六六年アメリカに戻り、いくつかの大学、特にハーヴァードで詩を教えた。一九七四年、ボストンでアパートを借りた。一九七九年の冬、彼女は亡くなった。表面的に見ると、彼女の人生にはさほどのドラマがあったようには見えない。しかしドラマというのは、人の人生に深く入ってみないとわからないものだ。

しかしながら、ドラマを垣間見させることがらが一つあるのだ。一九七〇年、『ノートブック *Notebook*』にロバート・ロウエルが「エリザベス・ビショップのための四つの詩　Four Poems for Elizabeth Bishop」を発表した。第一の詩は、彼の「水Water」に手を加えたものだった。第二の詩は、個人的なことがらを含むわかりにくいもの。第三の詩は「詩を含む手紙に対する詩を含む手紙」という題がついている。その出だしはこうだ。「当然のことだがあなたは私のことを心配する、でもお願いだから心配しないで／という自分自身のことについて自分はかなり心配しているのだけどね。私は、どうしても取り組まなくてはならなかった状況の中でも最悪のものに／入りこんだようなんだ」。こういう部分もある。「それが私の待っているものという感じなんだ。／ほんの微かな光だけど／何とかここから生きて脱出できそう」。

第四の詩は、アーティスト、ビショップに対するロウエルの賛歌で終わっていた。『ノートブック』にこうある。「あなたはまだ／言葉を空中にさまよわせているのですか、十年たっても／ずれて、厚紙のポスターに糊づけされたジョークの言葉／想像で補てんされなかった語句は空白／シリアスとジョークがいい加減だと軽蔑する無謬のミューズよ」。三年後に出版された『歴史 *History*』において、ロウエルは詩行に手を加えた。「あなたはまだ／言葉を宙に浮かせているのですか、十年／終わることなしに、あなたのメモ板に貼りつけたままで、ずれ／あるいは想像のつかない言葉の隙間――／さりげないものを完璧にする無謬のミューズよ」。

これらの詩行は妥当であると思われた。ビショップの詩は想像を超えた語句に満ち、彼女のトーンにはもの静かな厳格さがあって、それが読者に、彼女は一つの詩に何十年もかけたと感じさせるのだ。彼女は静かなる完璧を追求した。それは、ロウエルやベリーマンら同時代詩人が、[*7] 不完全な詩を延々と書き続けていたときに、際立った特徴を示すのである。しかし、彼女の手紙から引用したと思われる第三の詩のトーンはなじみのないものだった。これはビショップの詩にはかつてなかったもので、ロウエル自身の作品により近い、ドラマチックでパーソナルで緊迫感を伴ったトーンだ。それは、ビショップの静かな声を金切声に変えたものだ。

このソネットのトーンは、彼女の詩語の奥深くに埋めこまれた苦痛と喪失感に対して罵声を浴びせかけるようなものに見えた。彼女は、そういう安易なドラマを自分の詩に入れこむことは決してなかったであろう。彼女がしたことは、異常なほど強固な集中力を用いることであった。その集中力が詩への多大な準備作業を経た後に、ある程度のレベルまで高められたレトリックがかろうじて表面に出てくることを可能にするのである。このレトリックが最も強力に発揮されるのは、例えば、彼女の「集魚場にて At the Fishhouses」[*8] の最後の部分である。

もし手を浸したら
手首が直ちに痛み

骨が痛み出して手が燃えるだろう
あたかも石を糧とし暗い灰色の炎に燃える
水は火の変成であるかのように

ビショップがヘミングウェイと共通しているのは、狂おしいまでの単純性、すなわち感情が隠され、とらえどころのない行間に姿をくらましてしまうような言葉の使い方だ。詩において世界を完璧に再現しようとしても自分にできることは何もないと言わんばかりに、彼女はなすすべもなく呆然と見ているだけだ。彼女が自分の詩で述べることがらはいつも、シンプルでさりげない率直さにもかかわらず、すさまじい困難さとともに醸成され、ページの上に配置されたかのようだ。例えば、「放蕩息子　The Prodigal」[*9]は、二つのソネットという形をとっている。第一のソネットの終わり「そしてそのとき彼は思った／彼のエグザイルをもうあと一年かそこら何とか耐えられないこともあるまいと（And then he thought he almost might endure / his exile yet another year or more.)」、第二のソネットの終わり「だが、ようやく故郷に帰る決心をするまでには／長い時間がかかった（But it took him a long time / finally to make his mind up to go home.)」」、第一ソネットの末尾「almost endure（なんとか耐える）」は「another year or more（もうあと一年かそこら）」と韻を踏んで、無限の後悔とあきらめがほのめかされている。詩人、ビショップは、画家が写真から多大なものを活用するように、散文の音から多大なものを活用した。彼女は、詩の最終行を、詩的なことは起こらないかのように、ありふれていてあやふやなように見せているのだが、それだからこそよりいっそう、リアルで厳格で感動的な何かがあるのかもしれない。彼女は、「to make his mind up to go home（故郷に帰る決意をする）」というアイアンビックに対峙させて、「finally（とうとう）」というたどたどしい散文的な語句を出だしに残した。しかし、彼女の詩行にこめられた膨大な量の感情は、彼女の詩人としての技量からくるものではなく（そこからも引き出されてはいるが）、その詩の空気を満たす押しこめられた重苦しい絶望と不安からくるものであり、浅くそして深く傷ついた人間が、穏やかながらも聡明であろうとする心の働きからくるものである。それが彼女自身の言葉「堂々と朗らかに」なのだ。彼女の詩「湾　The Bight」[*10]の結びの言葉であり、また、彼女の墓碑銘「まとまりなくあれこれは続いていく、堂々と朗らかに」である。

一九六四年、彼女はロバート・ロウエルに、フィリップ・ラーキン[*11]の詩についてこう書いた。「ラーキンの詩は、冷酷なるものにあまりにも簡単に屈服すると思いませんか。私はあらゆる種類の冷酷なものとか恐怖が大好きなのですけど——でも、それは楽をして獲得できるものでもないのです——ただ口にするだけでは」。「あらゆる種類の冷酷なものとか恐怖」は、彼女のほとんどの詩においては言葉にされないし、語られない。彼女の詩の行間にあるものがおのずと語るに任される。「芸術を経験するときに人が芸術に求めているように見えるものは、創造に要すると同じもの、まったく役に立たない没入、すなわち自己忘却です」と彼女は書いた。あるいは、「私にはちょっとした持論があるのですが、それまでまじめに取り組んできたことを茶化してみることによって、人は一番学ぶもの——私は一番学んだのです。つまり、人生とか、世界とかそのほかのことがらですね」と。

ビショップの手紙の中には、詩にやわらかな光を当てるものもある。「詩 Poem」において彼女は、大叔父ジョージの描いた絵について述べ、そして突然、彼が描いた場所を知っていることに気づく、彼女もそこへ行ったことがあったことに。「あらまあ、私、ここわかるわ、知ってるわ!」と詩は語る。「あらまあ(heavens)」というような語を使うことは、特に詩人が見かけが風変わりなことについて気にしているときは――ビショップはきっと気にしていたはずである――危険である。詩のほかの部分は硬質で厳密だが、それでもなお読者が「あらまあ」がどうして使われたか気にするのも無理はない。ビショップの手紙は、「あらまあ」は彼女の自然な詩のかたちの一部、彼女自身の声であったことを明らかにしている。何度も彼女の手紙に出てくるのだ。(「あらまあ、また英語だけで会話をするのは素敵でしょうね」、「あらまあ、この四年間が過ぎたわけだけど、政治って大嫌い」、「あらまあ、何という嘆きの谷であることか」、「あらまあ、今、ジョン・アッシュベリ[*12]と私は、イヴァー・イヴァスク[*13]と「親密な」ランチを取りに行かなければならないの」)。

同じように、彼女の詩「三月の終わり The End of March」の読者は、書簡のいくつかに同じ響きを発見するだろう。「そして私はいつも夢想するのです」と一九六〇年に彼女はロバート・ロウエルに書いた、「灯台守であることを、完全に一人ぼっちで私が読書しているのを、ただ座っているのを、妨げる者は誰もいない」。三年後、ロウエルへの別の手紙に彼女は書いた、「それから私はそこで「ロタと」合流し、まるまる二週間特に何もしないで過ごしたのです」。

しかし、ノヴァ・スコーシャの景色そのものと、そこの人々の話し言葉にもヒントはあるのだ。私は二〇一〇年ハリファックスの南に滞在していたのだが、ある日の朝早く地方局のラジオを聴いていて、アナウンサーが驚きを表現するのを耳にした。「あらまあ」と彼女は言い、その後に何に驚いたかを説明した。この言葉は自然な感じだった。あるいは、ほとんどの聴き手に自然に聞こえたに違いない。そしてこれも同じようなヒントだが、数分車を飛ばし右へ曲がって海岸の方へ戻ると、集魚場が集まっている桟橋に着いた。私はそこに立って、多分彼女がしたであろうように、アザラシを見ていた（「特にある一頭のアザラシを／幾晩もここで私は見る」）。それから私は水そのものを見た。一九四六年ノヴァ・スコーシャへ帰省したとき、ハリファックスの南の海岸で彼女が観察してノートに書いたその水だ。「暗い、氷のような澄みきった水——澄んだ、暗いガラス——少し苦い（はっきりとは言いがたい）。知識についての私の概念は、巨大な岩のでっぱりから半ば引き出され、半ばあふれ出しているこの冷たい流れ」。後になって、彼女はメモを書き直し「集魚場にて」の驚異的なエンディングへと変身させたのだ。

味見をしたならば、最初は苦い
それから塩辛い、そして確実に舌を焼く。
ちょうどそれは、知識とはと想像するようなものだ。
暗く、塩味がして、明澄で、流動的で、完全に自由で
冷たく堅い世界の口から引き出され
岩のでっぱりから永遠に引き出され
あふれ出し引っ張り出され、そして
われわれの知識は歴史的だから、あふれ、あふれさせられていく。

ビショップは、彼女の詩「旅の疑問 Questions of Travel」[*14]を、答えの出ない質問で結論する。「私たちは家に留まっているべきだったのか／それがどこであったとしても?」。もちろん彼女は絶対に確信は持てないのだ。彼女は居住地を一本の同じ経線に沿わせた。マサチューセッツ、ノヴァ・スコーシャ、ニューヨーク、キー・ウェスト、リオ・デ・ジャネイロ、ボストン。死の三年前、一九七六年に彼女は書いた。「一生私はあのイソシギ［彼女の詩「イソシギ Sandpiper」］のように生き、行動しま

した――「何かを探しながら」いろいろな国の縁を走り回って。大洋からあまりに離れた内陸に入りこんでしまったらおそらく生きられないだろうと私はいつも感じています。そして、私はいつも海に近く生きてきました、海が見えるところに住んだこともしばしばです」。彼女のイソシギのように「世界の海岸線に沿って、打ち震えつつ、糧を求めて生を費やしてきた」と彼女は言った。

　しかしながら、どこにいようと彼女はどこかほかのところを思った。ダブルソネット「放蕩息子」の終わりでは、帰郷しようかと考えることを主人公に許した。しかし、彼の到着を示す第三のソネットはない。クルーソーのように故郷を夢見ることは、そこにいることより簡単だった。「大シカ The Moose」の幕開き、そのテーマは、「留まる」より「去る」である。バスはボストンに向けて出発していく。ビショップにはエグザイルという形の方が落ち着く。あるいは、居心地の悪さはより少なかった。一九六〇年代半ばブラジルで書かれた未発表詩の中で、彼女は、そのときまでいたところから離れ、北を、確実に自分が属していると思えるどこかを、望んでいた。

　　おお、私のコンパスは

今も北を指している
木の家々
そして青い目たちの

一九〇六年五月、もう一人の偉大なるエグザイル、ジェイムズ・ジョイスは、『ダブリンの人々 *Dubliners*』の短編を書いているとき彼の心にあったものを、野心的でもありつつましくもある言葉で表現した。「私の意図は、私の国の精神史の一章を書くことにあります。そして、私はその場所としてダブリンを選びました。この都市が麻痺の中心であると思われたからです。私は、ほとんどを綿密なる卑小な文体で書きました。見たり聞いたりしたどんなことを表すにせよ、文体に変更を加えたりするのはもちろん、変形するなどということを考える者は非常に大胆と言うべきという確信のもとに書いたのです」。

一九〇四年、ジョイスは、この物語群をダブリンで書き始めた。彼が二十二歳のときで、故郷ダブリンを離れる準備をしていた。そして、最後の一篇「死者たち The Dead」を一九〇六年と一九〇七年にトリエステで書き終えた。彼は、パリに移る一九二〇年までトリエステに住むことになる。彼の文体についての彼自身の言葉――「綿密なる卑小な文体」とは、派手さやひけらかしを避け、身を引き自制するような ある調子を表す――は、ビショップが彼女のノヴァ・スコーシャの詩において用いた、静謐で厳密なスタイルと同じものである。二人の作家は、言葉とは、虚飾なしに厳密精確に提示されれば、念入りに構築され飾り立てられた語句や文よりもっと入り組んだ感情さえ伝達できることを理解していた。

ジョイスもビショップも、すでに失われた、あるいはもうすぐ失われるだろう記憶や経験と共同作業をした。この二人のアーティストはともに、長いエグザイルの間中、それぞれの場所にきまじめに向き合った。作品のトーンを舞い上がるがままにさせたときは、そこまではできるだけ抑えていたのだから、これくらいはする権利があるのだという感じがあった。初期の詩「二〇〇〇以上の挿絵と完全用語索引　Over 2,000 Illustrations and a Complete Concordance」*15で、挿絵をあちこち拾い見しながら、その詩調は陽気で楽しそうで遊び気分いっぱいだ。彼女は作品において、暗くて本質的な関心はほのめかすに留め、陽気さは曖昧なままにし、いろいろなことをそのままにしておきたがっているように見えることがある。自分の言葉たちに、深い意味を持つことから休暇を取らせてあげたがっているようだ。だが詩が終わりに近づくと、彼女は読者にトーンの変化を気づかせる。「どこかそのあたりだった／何よりも私を怯えあがらせるものを見たのは」。叙述はここから綿密で大きく負荷をかけたものへと移行する。彼女の目は獰猛なまでに集中して「ものすべて」を書き留めだす。小休止や反復を用いながら目がじっくりと観察している間、トーンはだんだん不安定になっていく。

聖なる墓、とくに聖なるものとも見えないが。
ピンクの砂漠風にさらされた、鍵穴の
形の石蓋下の墓石群。
説教が堅固に彫りこまれている
ポッカリ口を開けた砂だらけの大理石墓
ところどころ抜け落ちた家畜の歯のように黄色くなって
かつてそこに横たわっていた哀れな異教徒預言者
の埃ですらない埃が半分詰まっている。

この詩のイメージは、殺伐としていていつまでもまとわりつくものであるが、不確かでもある。不確かさそれ自体が不安を暗示し、時間と衰退の問題、かつては重要であったとしても消えていってしまう何かをうたっているのだ。悲しみ、恐怖はリズムの中に埋めこまれている。そして、このかつて聖なるものだったものの光景が観察され豊かな実りをもたらしうるものであったゆえに、彼女は次にキリスト生誕の絵に移り、豊かな実りがあれば不作もあることを知らされ、詩は結末へと向かう。ここで彼女が自身の動機を語るとき、まるでたいしたことではないというかのようにさりげない。「ついでにキリスト生誕を見ることを／どうしてできなかったことがあろう?」。この「ついでに」は、死んだ言葉に命を吹きこみ、もうたいして何も起こらないことを暗示することで、最後の五行をしんとした威厳を帯びるよりも、不安定で異様で迫真に迫ったものにしているのだ。

——闇は裂ける、岩に光一閃
平静で、呼吸なき炎
色はなし、火花もなし、麦わらに注ぎたわむれる光

そして、凪の家のペットと家族
——そして、キリスト生誕の光景を照らし照らしやがて消え失せる

また「集魚場にて」でビショップは、観察しているシーンを精確でありつつさりげない描写をするときに限り、再度リズム感あふれるトーンを用い、盛りあげた。ほとんど数学的なまでに厳密な描写もある。

水際の下方
ボートを引き上げるところ
降下する長い傾斜路
灰色の石には細い銀の丸太
四、五フィートの間隔で
水平にだんだん下へ向かって

しかし、詩の終わりに近づくとトーンが変わる。シェイマス・ヒーニーが書いてい

る。「私たちに提供されているものは何よりもまず、きちんと抑制された詩的想像が、ためらいながらも大きな飛躍へと誘われ、ついには力強い確信とともにまさに跳躍する、スローモーションの光景なのだ」。詩のトーンは、高まり、反復を用い、そして、水に低速のこの世ならぬ力を与える。「まるで水が、石を食い、暗いグレーの炎を上げて燃える火の／一つの変身であるかのように」。そこで初めてビショップは、私たちがすでに見たように、水が知識を表象することを許すのだ。

詳細精密な描写がひとまとまりになり幻想的な様相の瞬間へ転じていく動きは、光景を上空から見下ろしていたのが、韻律の中で、意味を奪い取りつつ地下の光景からさらなる謎を創出しようとする企てであり、ジョイスの「死者たち」の最後の一節にも見られる。そこでは雪を描写しながら、ある飛躍が行われているのだ。トーンは、リズムと反復を用いつつ、「綿密なる卑小さ」とかすかな美から隔たるのだ。

> 雪はアイルランドの暗い中央部平野一面に、はげた丘、アレン湿地帯、さらに西の方はるかかなた暗い反抗的なシャノンの流れに降り注いでいた。マイケル・フュアリが埋葬されている、丘にぽつんと建つ教会の墓地にもそっと降っていた。

ひしゃげた十字架や墓石や小さな門の槍の装飾や裸の茨に、厚く吹きつもってい
た。彼らの死が舞い降りるかのように、生けるもの死せるもののすべての上に、
宇宙くまなくそっと降る雪を聞きながら、彼の魂はゆっくり朦朧となっていった。

「死者たち」でジョイスは主人公に内的エグザイルの人生を歩ませている。ゲイブリエルは叔母の家のパーティーに参加するが、自分がその場にしっくりなじんでいるとは感じていない。参加するというよりは、そこに立って傍観している。そして、ほかの人々がしていること——ダンス——に加わろうとしたときに、古い友人のミス・アイヴァースから、彼が話し、書いているまさにその言語——英語——は、彼の言語ではないかもしれないということが明らかにされるのだ。ミス・アイヴァースは信じているのだ、アイリッシュの言語はゲーリックであって英語ではない、また、最も本質的に自我に順応するために彼らが訪れるべきはヨーロッパではなく、ダブリンですらなくて、アイルランド西海岸のアラン島だと。この出会いは彼を動揺させ、後に妻と向き合う場面への伏線となっている。そのとき彼は、自分には彼女が本当にはわかっていないこと、自分は社会、おそらくは自分の国において異邦人であるだけでなく、

自分自身の結婚生活においても異邦人だということを悟るのである。彼は旅をしてホームシックになる必要はない、彼にはホームそのものがないのだ。

これはしかしほんの始まりである。彼女の詩「集魚場にて」において、ホームかもしれないがもう失われてしまっている可能性のある風景をノート片手に訪れる無力な観察者としてのビショップが目撃したように、それは単に何かの始まり、一つのシーンの単なる背景にすぎない。それだけでは十分ではない。「死者たち」のゲイブリエルの疎外も、ビショップの「集魚場にて」の微細に観察する能力も、ともにこの短編とこの詩における一つの問題を提起する。帰郷は許されないし、孤立が解決されることもない。代わりに、別の形の解決――奇しくもそこに制限はない――が、短編と詩の終幕に姿を現す。

ジェイムズ・ジョイスもエリザベス・ビショップも、ダブリンあるいはノヴァ・スコーシャへ帰って住むということはなかった。彼らがしたことは何よりも、思い出し、視覚化することだった。そこに属しているということをめぐるあらゆる感情、あるいはつながることの夢、あるいは喪失、もしくは喪失の夢、あるいは喪失の知識を保持するのに十分なだけ、記憶が精確で厳密であることが彼らには不可欠であった。このことがジョイスに「死者たち」の終わりで、またビショップには「集魚場にて」の終わりで、求められるがままに飛び立つエネルギーを解き放つことを可能にさせたところのものであった。彼らは二人ともかすかな衝動を言語によって補い、慰撫することができたから、その衝動から高く舞い上がり失われたものを取り戻したり、最も関心を持つことの多くを取り戻すことができたのだと思う。目と声は、個人的なるものを超えて非個人的なる空間へと移行し、それから、その下にあるもの、あるいは、その理解を超えたところにあるすべてのものをこの非個人性に変性させ、危うさと反復に満ちた音楽を創造する。その音楽は祈りの恍惚としたトーンを笑い飛ばす。

両作家ともが北の光、北の天候を扱っていることは重要であると思う。アイルランドとノヴァ・スコーシャは、荒れ果てた風土と不毛の内陸を持っている。しばしば光に乏しく、貧困の記憶は生々しい。心は用心深く、過去がつきまとい、解決されずにいることがたくさんある場所である。靄、風、雲、短い日、すぐそばにある海、よく変わる天気、それらのすべてが受け入れがたい世界を暗示している。『ダブリンの人々』でジョイスは、その欠落を表すトーンを創造したのだ、ちょうどビショップが、ノヴァ・スコーシャについて彼女の多くの詩でそうしたように。

ジョイスのカトリシズム世界アイルランドとビショップのバプティスト育ちにおいて、神との関係は硬直していて単純といえるほどである。この二人の作家は信仰を失くしたわけだが、信仰が消滅するとき、かつて身近で可能であったが今や失われた何ものかを呼び覚ますため、超越的な言語が特別の力を持つ可能性があるのだ。

信仰は去る、言語は留まる。ゆっくりと、信仰抜きのその新しい言語は、信仰を表すためにだけ存在していた頃と比べてずっと大きな力を持つようになる。今や存在するのは言葉だけ。過去を厳密に精確に喚起することによって創造された不明瞭な空間に、一つの決定的イメージ――ジョイスは雪、ビショップは疑似信仰の水のイメージ――が、まるで賛歌かアリアのように高まりゆくリズムいっぱいに、ありきたりな宇宙を超えて舞い上がるのだ。これは信頼すべき確固たるものであるというだけでなく、神秘的で、なかなか獲得できないものであり、引き上げ、押し広げてゆく完全性のイメージである。ある種の帰郷は、そのイメージを作り変えられ、確たる物質世界の具象性から足かせをはずし、誰かを助けるために送られた船のように動いていく。自由であると同時に束縛でもある言葉を使いながら、哲学的、宗教的ともいえる宇宙へと、これまでに誰にも形を与えられず、想像もされなかった何かを暗示しながら。

注

＊1 フラメンゴ・パーク——ビショップの恋人であった建築家、ロタ・デ・マセド・ソアレスの代表作。

＊2 『一つの技術 *One Art*』——ロバート・ジルー編。一九九四年、ファーラ・ストラウス＆ジロー社刊。

＊3 『ブラジル *Brazil*』一九六二年、タイム社刊。

＊4 カシャッサ——ブラジル原産の蒸留酒。サトウキビから作られ、ブラジルでは最も人気のある酒。

＊5 マクンバ——アフリカ土着の信仰を起源とする呪術的宗教の一つ。

＊6 『カオスの目利きたち *Connoisseurs of Chaos*』——アイルランド人の英米文学研究者、デニス・ドノフーによる著作、副題は「アメリカ現代詩における秩序の概念 *Ideas of Order in Modern American Poetry*」。一九六五年刊。

＊7 ベリーマン——ジョン・ベリーマンを指す。アメリカの詩人。一九一四—一九七二。ピューリッツァ賞、全米図書賞などを受賞。

＊8 「集魚場にて At the Fishhouses」——『詩 北と南・冷たい春』所収。

＊9 「放蕩息子 The Prodigal」——『詩集 北と南・冷たい春』所収。

＊10 「湾 The Bight」——『詩集 北と南・冷たい春』所収。

＊11 フィリップ・ラーキン——イギリスの詩人。一九二二—一九八五。日常的なことを題材とするムーヴメント派を代表する詩人のひとり。

＊12 ジョン・アッシュベリ——アメリカの詩人。一九二七—二〇一七。ピューリッツァ賞、全米図書賞、全米批評家協会賞などを受賞。

＊13 イヴァー・イヴァスク——エストニアの詩人・文学者。一九二七—一九九二。一九四九年からはアメリカに住み、最晩年はアイルランドに移った。

＊14 「旅の疑問 Questions of Travel」――『旅の疑問』所収。

＊15 「二〇〇〇以上の挿絵と完全用語索引 Over 2,000 Illustrations and a Complete Concordance」――『詩集 北と南・冷たい春』所収。

キー・ウェストの秩序と無秩序

キー・ウェストでは、軍隊のジェット機が海上はるか、青空を突っ切って飛ぶ日が何日もあった。轟音で窓が壊れるかと思われたものだ。当時アメリカがまだ戦争をしていて、未来の戦争に向けて組織を編成していることを忘れるわけにはいかなかった。二〇一三年一月のことだ。朝、壊れやすい何かのように射した滑らかな液体状の光は、だんだん強まり広がっていった。雄鶏たちが通りを自由気ままに闊歩していた。彼らの目から見れば、キー・ウェストは彼らのものだった。彼らの声は一日の最初の音であり、しばしばそれは日の出より前に聞こえてきたものだ。

エリザベス・ビショップは一九三八年にキー・ウェストへやって来て、十年間だいたいそこに住んだ。一九四一年初めて発表された彼女の詩「雄鶏たち　Roosters」[*1]は、戦争が暗い影を落とすキー・ウェストを舞台とし、幅広く示唆に富んだ、野心と複雑な構造を持つ作品である。連の組み立ては十七世紀の形而上詩人、リチャード・クラショーの「彼の（推定される）恋人への願い　Wishes to His (Supposed) Mistress」をベースにしている。

彼女が誰であれ
わが心を支配する
彼女はいないと言えない
彼女がどこにいるにせよ
死すべき目から隠され
運命の暗き葉叢の高みに閉じこめられて

Who ere she bee,
That not impossible she
That shall command my heart and mee;
Where ere she lye,

Lock't up from mortal Eye
In shady leaves of Destiny

ビショップの詩の第一連の三行は、第一行目が二ビート、二行目は三ビート、三行目が五ビートである。書かれた詩のビートは強調されているが、ビショップが声に出して詩を読むときはそれほどでもない。この詩の第一連の十九語のうち（私は o'clock を二語に読む）、一音節を超える語はたった一つで、それは行の真ん中にある。

四時
ガン・メタル・ブルーの薄闇に
一番鶏の最初の叫び

At four o'clock
in the gun-metal blue dark
we hear the first crow of the first cock

cock（雄鶏）とclock（時計）は韻を踏む。まだ位置が定まっていないdark（暗闇）は、目覚めきっていないでかき乱され、半分韻を踏むだけだ。句読点なしで第一連は第二連へなだれこむ。第二連は第一行目に二ビート、二行目に三ビート、そして第三連の柔らかみを帯びた四ビート（最初のandを含むなら五ビート）となる。

ガン・メタル・ブルーの
窓のちょうど下
そして直ちにこだまする

just below
the gun-metal blue window
and immediately there is an echo

Belowとechoは、lowとechにストレスがあるから、ぴったり韻を踏んではいない。

ということは、echoのoは、完全韻[*2]というよりは韻のこだまのようなもので、それはoよりもwindにストレスがあるwindowにも当てはまる。とすると、ここでは韻は言葉にかぶさっているのではなく、いわば言葉からずれているのだ。この連では二音節語が四語だけで三音節語も四音節語もないので、immediatelyは「直ちに」という意味なのに、時間が引き延ばされたことを示唆する役目を果たしている。crowとechoの対応においても、両者の間には不安定なビートがいくつかあり、ここでも完全韻は踏まれず、第二語の無ストレス音節（rowとcho）が単音である第一語（cとe）をこだまさせているのである。

次の連はこのように続く。

一羽　ずっと向こうで
一羽　裏庭の柵から
一羽　恐ろしいほどの執拗さをもって

off in the distance

then one from the backyard fence,
then one, with horrible insistence,

off in the distance（ずっと向こうで）は、こだまを反響するcrow（叫び）から一連離れている。元の音とは離れているこだまなので、最後の語のストレスは第一音節disで、第二音節――tance――でストレスが減じる。しかし、続く次の音はもっと近くて、二行目のただ一つの二音節語――backyard（裏庭）――は明確で力強い二ビートを持つ。この行の最後の語――fence（柵）――は先の二つの音に対応する。次の音は「恐ろしいほどの執拗さ」を持つので、insistence（執拗さ）という語はdistanceと苛立ちを呼び起こしそうな韻を踏む。行末の二語（horribleとinsistence）は、それぞれ三音節ずつで異色であり、この詩のスタッカート音に対抗し、押し留め、流れを乱すのだ。
詩の最初のセンテンスの結びとなる次の連はこうだ。

ブロッコリ畑から
湿ったマッチのように軋り

めらめらと燃え、町中に広がる。

grates like a wet match
from the broccoli patch,
flares, and all over town begins to catch.

韻の叫びは、雄鶏の鳴き声に呼応するように詩全体に広がる。horrible insistence（恐ろしいほどの執拗さ）が詩にある通りに軋る。この言葉は、broccoli patch（ブロッコリ畑）からの音を反射する。この音が燃え上がるとき、あるいはその直前に、match（マッチ）とpatch（畑）の間の直接的押韻、言葉の燃焼がある。immediatelyが、単音節の切迫した鋭い音、あるいは、平坦な音に満ちたこの詩の中で時間を引き延ばすように、八音節のand all over town begins toは、優しい響きを持ち、ゆっくりとさりげなく、flares（燃え立つ）とcatch（燃え広がる）という動きを伴う二つの動詞を結びつける。この連で、雄鶏の鳴き声はさらに広がる。初めて各行末の一音節語三つ――match・patch・catch――がすべて直接韻を踏んでいる。ものみな目覚めた。次の連は、

Cries galore（たくさんの叫び声）という語とともに確信をもって始まる。「雄鶏たち」という詩が、雄鶏についての詩だということを強調することは重要だ。もっと正確に言うと、おそらくこれはキー・ウェストの雄鶏についての詩だ。なぜなら、最後の連の一つが、この島の朝の濃密な海光の肌触りをとらえているからだ。

朝
裏庭に漂う
低い光が

ブロッコリの根元から
葉一枚また一枚と滑りながらのぼっていく。

そして、雄鶏たちが街を所有しているかのようにこの都市空間に君臨しているのだから、この詩はキー・ウェストの雄鶏の詩だ。傲慢そのものの彼らに気づかないわけにいかない。

お前の小さな頭のてっぺんの
赤いとさかには
お前の好戦的な血がみなぎっている。

海軍がキー・ウェストへ移動し、土地を占有して家を破壊しつつあり、ビショップはその動きに神経を尖らせていたわけだが、そういうときに書かれたこの詩は反戦の詩、あるいは、専制的権威に対する抵抗のそれと読まれてきた。「何の権利があって／命令するのか、われわれの生活を規律にはめようとするのか」。そしてこの詩は、男によって動かされる世界への糾弾を含んでいた。

金緑色のメダルに飾られた服
せり出した胸深くから出る雄たけび
自分以外のものに命令し、おどすことを企んで

雌鶏生活の
妻、妻、妻たち、
愛され、軽蔑されて日を送る。

だが、こういう読みにもかかわらず、この詩は詩自体の自律性、詩の純粋な空間を持つ。ビショップが戦争や男性性や軍国主義について書きたいと思ったとしたらそうしただろう、あるいは、そうしたのではないかと思われる。もっとも、そんなことは起こりえなかっただろうが。彼女がレズビアンの愛を祝福する詩、あるいは愛の終わりについての詩を書きたいと思ったら、やはりそうしたであろうというのと同じだ。（実際、発表はしなかったが、「雄鶏たち」と同じ時期にキー・ウェストで書かれた「一緒に目覚めるって素晴らしい　It is marvellous to wake up together」でそれを実行している。これは彼女の死後発表された。ブラジルで書かれ一九六〇年に発表された「雨季に寄せて　Song for the Rainy Season」も同様である）。

「雄鶏たち」を現実の次元に定置し、詩の主題を非常に精確に描写することによって彼女は、雄鶏たちに行動させ、この上なく暗示力に富む特性を持たせることに成功した。雄鶏たちを綿密精細にじっくりと観察することによって、誇張にならないようにする彼女自身の力を行使することだけで、権力についての詩を書きおおせたのだ。彼女は暗示によってのみこの詩に象徴という力を与え、それら暗示されているものはあけすけで、生々しくますます力強い。詩という形式や詩語の枠内での強度を追求することによって、この詩に象徴の力を付与したのだ。権力や残虐性を書くという行為をせずに描写し、暗示し、自らのリズムと抑揚、自身の韻と半韻に取り組み、その動きに身を任せながらも、やめどきを心得ることによって、権力と残虐性についての一つの偉大な詩をものしたのだ。

「雄鶏たち」で彼女はまた、朝についての一つの偉大な詩を生み出すことに成功した。詩人として、彼女は夜の訪れより朝の訪れに、より親近感を覚えた。彼女は、ほのかにさす曙光、「弱々しげな白い空」、今始まりつつあるものごとなど、たくさんの目覚めの詩を書いた。後朝(きぬぎぬ)の歌を書いた。詩人として、朝が詩に提供する完全な未知数を愛した、そして、無垢の朝がかき乱され破壊されるのを劇化することを楽しんだ——デイヴィッド・カルストーン[*3]の素晴らしいフレーズ「朝の凌辱」を劇化したのだ。彼女の詩の朝の光は消し去られたものの跡に満ち、代わりに小さな複雑性で満たされる。彼始まる可能性があること以外には何もない。初期の詩「愛は眠り横たわる　Love Lies Sleeping」で彼女はこう切り出す。

曙、星屑の燃えがらから星屑へ
空を横切る線路たちを切り換え
道の末端を
光の列車につなぐ

ベッドは光いっぱいにしてね

「奇跡の朝餉　A Miracle for Breakfast」[*4]や「パリ午前七時　Paris, 7 A.M.」[*5]のような初期の詩において彼女は、第一連は見慣れぬ不安気なシュールリアリズムで、第二連は動揺させ不意打ちする奇異な瞬間で満たされたイメジャリー[*6]で、朝を呼び起こした。「首句反復　Anaphora」[*7]では、「私たちが最初に目をやる白金の空」は彼女にこう問いかける、「この音楽はどこから来るのだろう、このエナジーは?」と。

「未明の雨　Rain Towards Morning」[*8]は、瞬時に過ぎゆく小鳥の歌声の強烈なエナジーで始まる。

偉大な光の籠は空中で破壊され
およそ百万の小鳥を解き放つ
上昇しゆく野生の命が戻ることはないだろう

「五階から　Five Flights Up」[*9]でビショップは、リオ・デ・ジャネイロの偉大な朝の光を描写する三つの偉大な形容詞を見つけた。「巨大な朝、どっしりとした朝、几帳面な朝」。

未発表の二篇の愛の詩では、朝の音、朝の光を呼び起こした。一つはこう始まる。

素敵だ、一緒に目覚めるなんて
数秒とたがわず一緒に、素敵だ
急に屋根一面に雨音ザーザー

まるで電気が
空の黒い金網を通り抜けたかのよう
空気は突然澄み切った。
屋根一面に雨は激しくたたきつけ
下では、キスの雨が軽やかにふりしきる。

これは一九三〇年代後半か一九四〇年代前半に書かれた。しかしながら、一九七四年の「朝飼の歌 Breakfast Song[*10]」では、朝はもっと暗い思いを運んでいた。

愛する人よ、私の救い人よ
あなたの目はものすごく青い
あなたのファニーフェイスに私はキスする
あなたのコーヒーの味のする口
夕べ私はあなたと寝た
今日、私はあなたへの愛でいっぱいだから

醜い死とともに寝ることに
（できるだけ早くそうせねば、わかってるわ）
どうして我慢できるだろう。

一歩引くこと、描写すること、意見を述べること、克明な法廷弁論のような技術をもって描こうとすることは、基本的にビショップのキー・ウェスト時代のものである。彼女は何かから逃げようとする人のように書く。奇妙で移ろいやすい、海や陸地の風景に滋養を求めて書くが、そんな風景も持続しないことでは人間と変わらないし、実際持続なぞしない。

だが、歴史は去らない。詩ノートに彼女は、キー・ウェストを、ネイティヴ・アメリカンの墓所として知られているカイヨ・ウエソー[*11]――骨の島になぞらえている（ビショップは、『冷たい春　*A Cold Spring*』となった詩集に「骨の島　Bone Key」というタイトルをつけることを検討していた）。詩「フロリダ　Florida」[*12]で彼女は、のんきな旅行ガイドを書いているかのような書き出しをする。「一番かわいい名前の州」。だがすぐに、マングローヴの根は「死ぬと白い湿地を骸骨で埋め」、カメは「死に、貝殻がびっしりついた甲羅と／人より二倍も大きな彼らの丸い眼窩つき／しゃれこうべを浜辺に残す」。第二連では、「風に乗って飛ぶ」ノスリ[*13]がいて、「一番かわいい名前の州」はゆっくりと「軽率で堕落した州」になり、ワニは「インドの王女の喉奥で話す」。この詩は、人間の堕落と暴力を暗示しているのだが、この詩で最も破壊的なのは自然なのだ。すべては摩耗し衰微する。あたかも戦争は、本物の戦争は、陸と海が接するところつまり、すべてが朽ちて始原状態に還る下草のところで起こっているかのように。

彼女が発表するにふさわしいと考えたキー・ウェストの詩に表現されている人々は、彼女とはまったく接点を持たないという点は特筆すべきである。彼らは垣間見られた束の間の存在であり、そして、彼女の作品の常として、不在であることが多い。もっともいきいきと活写されている形象は「魚 The Fish」で解き放ったあの魚で、これは、ジョナサン・スィフトの人生におけるあるストーリーのさらに甘美で野蛮なバージョンである。スィフトはこう言ったとされている。「私にとって最も悲惨なことは、二十年前のあるシーンを思い出して、それから急に現在に引き戻されるということだ。少年の頃の思い出だが、釣り糸の先端に大きな獲物がかかった感触があったので急いで引き上げ、ほとんど地上に釣り上げたと思った瞬間落ちてしまった。この失望は今に至るまで私を悩ますものなのだが、これはまた後年のあらゆる失望の典型だったのだと思う」。

キー・ウェスト時代のビショップの未発表詩の中で、彼女はそこでの生活、友人たち、恋人たちについて書いた。だが、それは彼女を満足させるものではなかったし、完成した詩にすることはできなかった。これら未完成のキー・ウェストの詩のほとんどは、メモ、スクラップ、書き留めた言葉などだが、言葉が多すぎ、言いすぎ、盛りこみすぎの傾向がある。

風景についての未完成詩では、風景がすんなりと収まってしまっている。それに対して、完成した大地や海原の叙影詩には、常に何か原理的なもの――「フロリダ」にはいくつも――がある。それ自体の痛みを持ち、不穏であるか、あるいは曖昧なもので、彼女が実際に抱えている痛みより、その痛みを記すか遠ざけておく方が楽であるように見える何かがある。「試作 Little Exercise」[*14]で、ヤシの木は「幾把みかの弱々しい魚の骨だと／突然明かされる」。「海の風景 Seascape」[*15]では、灯台は「骸骨のようだ」。それはまた僧衣をまとっていて、「天国はこんなふうではない」と今にも警告を発しようとしている（「彼は、地獄が彼の鉄の足元で怒り狂っていると思う」）。いかにも、「天国は、飛ぶとか泳ぐとかいうものではなく／暗黒と激しい凝視といったものなのである」。

「クーチー Cootchie」[*16]では、「灯台はクーチーの墓を発見し／そしてすべてのことを些細であるとして退ける。絶望した海は／波また波を差し出すだけ」。ネイティヴ・アメリカンから取り上げた場所で戦争が迫っていたとき、あるいはまさに戦場のただ中で書かれたこれらの多くの詩には、戦争や争いのイメージが多い。雄鶏たちは互いに闘争し、

そして一羽飛ぶ、
死ぬという感覚にすら挑戦する
怒り狂ったヒロイズムで。

「試作」では、

うすぼんやりと照らされた小さな戦闘シーン
——原っぱのどこかでやっている——が
続くうちに嵐は去っていく。

「魚」で、魚の口から下がっていた早仕掛けの五本の鈎針は、最初は「武器のよう」だったが、それから勲章のように見える。

すり切れたリボンが
揺れている勲章のよう
炎のひげを持った知恵が
痛む顎から垂れ下がる。

「夜の歌 Late Air」[*17]でビショップは、また五という数字のもの、「海軍軍事工場のアンテナ」にきらめく「遠くの五つの赤い灯」について特筆する（「魚」のインスピレーションとなった実際のエピソードでは、鈎針は三つ、だが、詩のために彼女はそれを五つにした。「この変更で詩はよくなったと思う」と彼女は言った)。
詩「フロリダ」の終わりの部分にも別の五のイメージがある、こんどは、五匹のワニの「はっきりとした呼び声」、「友情、愛、番い、戦争そして警告」。「黒人歌手のための歌　Songs for a Colored Singer」[*18]においてですら、戦争は無視できない。

夢の中の軍隊みたい
顔が、だんだん暗く暗くなっていく
夢のように暗い、暗い。
現実的すぎて夢とはとても。

「湾　The Bight」では、鳥にも暴力の切っ先が付与されている。ペリカンは「私にはツルハシみたいに見えるのだが／不必要なまでに激しく」水に飛び込む。そして、

黒白の軍艦鳥たちは舞い上がる
それと感じないほどの風に乗って

カーブするとき鋏のように尾を広げ、あるいは、叉骨のように体を緊張させる、
震えが出るまで。

キー・ウェストでビショップが住んでいた家は適度な暗さがあり、仮住まいの素敵な雰囲気がある。ノヴァ・スコーシャの家と同じように、羽目板張りのおもちゃの家のような、いつでもたためるという感じがある。グレート・ヴィレッジそのものが、借地に建てられているかのようだった。ビショップがキー・ウェストにいた間も、すべての家が軍の侵攻の脅威にさらされていた。家々は、とにかく、永久の持続性を持つ海とはどうしたって比べものにならなかった。キー・ウェストの彼女の家もまた墓地の近くだった。実際、キー・ウェストの墓そのものが、生きている者たちの住む場所より安定し、永続性があるように見えたのだ。墓は彼らの落ち着き先だった。彼らは自分の場所を心得ていたのだ。北の冬から逃げてきた鳥たちが、途中で留まって落ち着く場所を見つけ、思索にふけりエネルギーを保存するように、ビショップのキー・ウェスト滞在は、北から遠く距離をおき、南の癒しの光を求める旅への輝ける準備期間のように思われる。

注

＊1 「雄鶏たち　Roosters」——初出は『ニュー・リパブリック』誌（一九四一年三月）。後に『北と南』に収められた。

＊2 完全韻——ストレスの置かれる母音から単語の末尾までの発音が韻を踏んでいること。Below と echo は単語の末尾で韻を踏んではいるが、ストレスの位置から完全韻とは言えない。

＊3 デイヴィッド・カルストーン——アメリカの批評家。一九三三—一九八六。おもな著書に『五つの資質——エリザベス・ビショップ、ロバート・ロウエル、ジェイムズ・メリル、アドリエンヌ・リッチ、ジョン・アシュベリー　*Five Temperaments: Elizabeth Bishop, Robert Lowell, James Merrill, Adrienne Rich, John Ashbery*』『詩人になること——エリザベス・ビショップとマリアン・ムーアとロバート・ロウエル　*Becoming a Poet: Elizabeth Bishop with Marianne Moore and Robert Lowell*』などがある。ビショップとカルストーンの交流については、本書「悲しみと理性」「芸術ってその程度のもの」の章などで述べられている。

＊4 「奇跡の朝餉　A Miracle for Breakfast」——『北と南』所収。

＊5 「パリ、午前七時　Paris, 7A.M.」——『北と南』所収。

＊6 イメジャリー——詩や散文において、想像力を刺激し、視覚的映像を呼び起こす要素を指す修辞技法の一つ。

＊7 「首句反復　Anaphora」——『北と南』所収。

＊8 「未明の雨　Rain Towards Morning」——『詩集　北と南・冷たい春』所収の連作作品「Four Poems 四つの詩」の一篇。

＊9 「五階から　Five Flights Up」——『地理三課』所収。

＊10 「朝餉の歌　Breakfast Song」——生前未発表。

＊11　カイヨ・ウエソー——キー・ウェストのスペイン語での呼び名でウエソー（Hueso）は骨を意味する。昔、人骨が発見されたことからこの名がつき、スペイン語のカイヨが英語のキー（key）に、ウエソーがウエスト（west）になまって、英語でKey Westと呼ばれるようになったといわれる。

＊12　「フロリダ　Florida」——『北と南』所収。

＊13　ノスリ——鷹の一種。

＊14　「試作　Little Exercise」——『北と南』所収。

＊15　「海の風景　Seascapes」——『北と南』所収。

＊16　「クーチー　Cootchie」——『北と南』所収。

＊17　「夜の歌　Late Air」——『北と南』所収。

＊18　「黒人歌手のための歌　Song for a Colored Singer」——『北と南』所収。

歴史からの逃避

一九五二年九月、エリザベス・ビショップはブラジルからニューヨークの彼女の主治医に書いた。「私は死んで天国へ行ったに違いないという感じがまだしています」。一九五三年四月、彼女は友人に書いた。「ここは素晴らしいです、できれば四十二歳にならないうちにこういうふうに落ち着きたいものです」。

ブラジルの毎日の生活について彼女は友人たちに手紙を書くようになった。「今朝七時、窓から外を見ると、バスローブを来た私の女主人が、大岩をダイナマイトで爆破するよう指示しているのが見えました」。彼女は車の運転を習った。彼女と彼女のもてなし役であり恋人であるロタ・デ・マセド・ソアレスは、かっこいいスポーツカーを何台も持っていた。パンクを直しているロタを彼女は次のように描写した。「彼女のはいていた巻きスカートが前にかがんだときずり落ちて、小さな白いお尻がちらっとのぞいたの。昔風のゆったりしたロタの白い下着、こっちへ向かって走ってくるトラックの運転手たちの目にさらされていたわ」。

リオ郊外のペトロポリスにロタが建てたモダンな家における家庭生活は、格好の話の種になった。あたかも、ビショップが演じている劇、彼女がこしらえあげたコメディ、それほどシリアスではないもの、「普通の」生活のパロディであるかのように。たくさんの召使いとペット、それと料理人が一人。この料理人は、ある手紙によると「半分野蛮人で大変汚い」。それから、「私たちが家を留守にしている間に、料理人は絵をやりだした——暇があってこその芸術を地でいくと私は思うのだけど——彼女の絵はだんだんうまくなってきちゃって、強敵よ、まったく——私が絵を描くと、彼女はもっと大きな絵をもっとうまく描くのよ。私が料理すると、彼女もすぐ同じものを作るの、ただし卵をみんな使っちゃうけど。詩については知らないと思うけど、これもすぐ追いついちゃうんじゃないかしら」。

しかし彼女は、（ロバート・ロウエルへの手紙の中にある）この最後の部分に続けて、北の風景から来た人なら誰でも気がつく観察をつけ加える。「でも本当に——私の叔母がノヴァ・スコーシャの「秋の色」について長い手紙を送ってくるの。もう私は何も書くことはないみたい」。ほとんどの手紙にも、彼女自身の脆さと不安定さが、開放的で元気いっぱいにブラジルに対して答えさせるのだという感じがあった。同じように、彼女の後悔とは関係なく、快活であろうとする絶望的なまでの衝動といったものがあった。

遠い過去と戦争の轟音を排除することは、フロリダで書かれた詩のイメジャリーを活性化したが、ブラジルで暮らし始めるとすぐビショップは、歴史から逃避し、溶けて消え去っていくものとしてのみ呼び起こすことに関心を向けた。さもなくば、初期の詩「二〇〇〇以上の挿絵と完全用語索引 Over 2,000 Illustrations and a Complete Concordance」の最初の部分でおこなったのと同じく、ほとんど面白がっているかのような皮肉な態度をとることによって、そういったものの力を抑えようとした。ちなみにこの詩の中で彼女は、「おそらく、私たちキリスト教帝国に対して／何か企んでいる、うずくまるアラブ人／あるいはアラブのグループ」を表す版画について書いたのだった。

彼女のブラジルの詩には、もっぱらじっくり観察することから生まれる詩想を差し出しているものもある。甘美な描写が多い。『旅の疑問』の冒頭の詩「サントスに着く Arrival at Santos」の始まりは、「地図 The Map」と同じで、言えることはあまりなく、そして、だからすべての表現が単純に見えたり、他の表現から拝借してきたというふうに見えるのも仕方がないかもしれないということが含みとしてある。「ここには海岸、ここには港」、そしてそれから「ある風景」があった、と彼女は書いた。山々は「自己憐憫に満ちている」かもしれない、でも「誰にもわからない」。それから、ヤシの木は「背が高い」かもしれない、だが「不確か」でもある。ブラジルの旗を見て彼女は、「なんだか旗というものがあると考えたこともなかった」。それから船を降りるとき、コインとか紙幣があるだろうと彼女は思う。彼女は「税関の役人が英語を話す」といいなと思う。詩の終わりで「私たちは奥地へドライヴする」と彼女が言うときそれは、文字通り新しい国の奥地であり、彼女の内奥ではない。外を見たいと彼女は思う。そのためにここへ来たのだから。

ロタのために書かれた彼女の愛の詩「シャンプー The Shampoo」[*1]の中で、かつてその手を伸ばして「私たちを放り出した」もの、「時」は突然温和になる。「というのも時間は」と今彼女は書く、「従順でなければ意味はないのだから」。

ブラジルに旗はないとか、「時」は「従順でなければ意味はない」という彼女の考えは少々奇妙ではあるが、はにかみやで気まぐれで素朴な感じがする。次の詩の出だし部分における彼女の表現には疑問を覚えるが、逃避の必要性、歴史あるいは個人的記憶につきまとわれる場所からできる限り逃げていたいという彼女の必要性に鑑みて、理解できないことはない。詩のタイトルは「一五〇二年一月一日ブラジルにて Brazil, January 1, 1502」[*2]で、ポルトガルの探検者たちが河口だと勘違いし、到着の月にちなんでここを「一月の川（リオ・デ・ジャネイロ）」と命名した湾に乗り入れた日を示している。「自然は」と彼女は詩の出発点で言う、「彼らの目に出会ったはずのやり方で／私たちの目に出会う」。

こういう考えが居座るままにする、もしくは、こういうことが書かれるがままにするとは不思議なことだ！「ほとんどその通りに」彼女は考えたに違いないだろうか。結局「集魚場にて At the Fishhouses」の終わりで、「私たちの知識は歴史的なものだ」と彼女は書いた。北アメリカを離れた当初、彼女が至福のうちに書いた詩は、ブラジル人を現実離れしたもののように見せる作品が多かったし、ブラジルそのものが彼女の楽しみのために創造されたタピストリー、あるいはおとぎ話、あるいは劇、あるいはパントマイムにすらなっていた。植民地を劇化したものさえ現実から隔たっているように見える。やって来たクリスチャンたちは「実に強健だ」が「釘みたいに小さく」、この「タピストリー風景」の中では、行使される暴力は遠くの無邪気なゲームみたい、あるいは、アイロニックなタピストリーだ。クリスチャンは「それぞれインディオ一人を捕まえにいき」、インディオの「ひどくイライラさせる小さな女たちは……呼び合っている／互いに呼び合っている（あるいは、小鳥たちが目を覚ましたのか？）／そして後退する、常に後退する、暴力の背後へ」。

ビショップは、ブラジルが記憶のない場所、われわれの知識が歴史的でないばかりでなく、政治的でない場所であることを望んだ。彼女にとってもロタにとっても、人間関係や政治的見解ゆえに終始そうであったわけではないだろうから、当初の彼女がこの国を異国情緒でいっぱいにしても許してあげるべきだろう。「旅の疑問」にあるように、雨は彼女に思い出させる。

政治家のスピーチ
容赦ない二時間の長広舌
そして突然訪れる黄金の静寂。

「突然訪れる黄金の静寂」を求めて彼女は、彼女が会った人々、ほとんどわかっていない人々についての詩を書くことから始める。ちょうどキー・ウェストで、ヘロニモの家やクーチーについて書き[*3]、プリミティブアートの画家、グレゴリオ・ワルデスについての散文を書いたように。

キー・ウェストにおいて、大地や海原の叙景詩の基底にあったのは死と暴力についての思考であった。ビショップがブラジルに移ると、こういうイメージは消えていく傾向にある。彼女は物理的環境が精神に入りこむタイプの詩人であった。従って、ブラジルを扱う初期の詩には景色と表現について新しい強調が見られ、所有や権利に関係する新しい種類のイメジャリーが出現する。例えば「不法占拠者の子供たちSquatter's Children」[*4]には、女の子と男の子は「点みたい」で、「点みたいな家」の近くにいる。子供たちは立っている、「大きなお屋敷に／囲まれて。／その中からきみの家より大きな家が選ばれる」。このより大きな家とは世界のことかもしれないし、あるいはより広い社会のことかもしれない。いずれにしても、「雨に濡れた書類が／その権利を守ってくれる」。

「マニュエルジーニョ Manuelzinho」[*5]では、詩の対象は強情な召使いである「半分不法占拠者、半分店子（家賃なし）――／一種の遺産」。この詩は、召使いの欠点や変わったところに対して腹を立てている気まぐれな習作だ。人々が鳥に置き換えられている、バラッド形式の「バビロンの盗人 The Burglar of Babylon」[*6]には、リオの貧困が描写されている。

丘の上には百万の人々が
百万の雀の大移動
止まり、休息
混乱した渡り鳥のように

まったくの無から、あるいは空気から
巣あるいは家を作って。

ビショップのブラジル詩のほとんどは、探検であり、気まぐれであり、あるいはこの上なく精巧に創造され畏怖に満ちたものであるが、比類なき詩が二篇あり、それは、怯え、震撼し、鋼のような観察と細心の配慮とを兼ね備えている。これらの詩は蒸留されて暗示に富むものとなり、まさにこれこそビショップらしい作品である。二篇の詩のうち時期的に早い「アルマジロ　The Armadillo」は、単純さが渦を巻くような言い回しを使っている。緊密な韻と、多くの一音節語が押韻できるような（night と height・parts と hearts・stars と Mars・toss と Cross）構成になっている。

この詩はいつものように何気なく始まり、何度か彼女が目にしたに違いない光景、「ちゃちな違法熱気球」がリオの上空に現れる光景が描写される。「大シカ　The Moose」におけるのと同じように、彼女は、ゆったりした会話に念入りな構文と韻の構成とを突き合わせ、いくつかの連にわたる長い文章を追う。トーンは遠く厳密、そしてほとんど楽しんでいると言えるくらいのものだ。しかし、底を流れるものの気配もある。「紙の部屋」が「心臓のように」点滅する灯りに満つという着想は、どこか不吉ともいえるものを思わせる。気球が「どんどん私たちを見捨てる」とある第五連で、ビショップは初めて、forsaking us と dangerous という不純な押韻を許すのだ。

ただかわいらしく、空に飛んでいるのを面白そうに描写されていた気球は、徐々に死をもたらす致命的なものとなっていく。気球の一つがフクロウの巣に落下し、フクロウが逃げ出す。それから、ウサギの赤ん坊一羽とアルマジロ一匹も。そして、イタリックで書かれている最後の連で、ビショップは途方もない危険を冒す。さりげなく描写するトーンが、鋭く赤裸々で不安にさせるトーンとなるのだ。

あまりにもかわいい、夢のような擬態!
おお、降りかかる火の粉とつんざくような叫び
そしてパニック、そして、武装した弱々しい握りこぶしを
何もわからないままに天に向かって振り上げる!

彼女の知識はここでは歴史的であるだけでなく、目前の恐怖と緊急の不安に満たされているから、かつてないほどに直接的だ。ビショップを動揺させているのは、過去ではなく現在なのだ。彼女は現在を詩に入りこませる。最後の行の「何もわからないままに」という語は、マシュー・アーノルド[*7]の「ドーヴァー海岸 Dover Beach」の終わりの部分を思わせる。

ああ、恋人よ、互いに腹を割って
向き合おうではないか！　なぜなら
我々の前に夢の国のごとく横たわると見える世界は
かくも多様性を極め、かくも美しく、あまりに新しく
そこには実は喜びも愛も光もなく
確実なものはなく、平和も苦痛に対する助けもなく
私たちは
夜、何もわからないままの軍隊が衝突するところ
格闘と逃走の混乱した不安に押し流されて暗闇迫る平原にここにこうしているのだ。

「アルマジロ」は、その他のブラジル詩を牽制する。ただ単に描写したいという気まぐれな衝動を消し去るのだ。出だしにおいて、場面はエキゾチックで新しい喜びに満ちている。大混乱、残酷、無力感の氾濫のうちに終焉に至る。この詩は、ブラジルで

ビショップに起こったことを詩の世界に表現しているのだ。その地で彼女の時間は幸福と新たな愛とで始まったのだ。ゆっくりとだが、ロタが社会において公人としての役割を持つようになり、多くの政治家との同盟関係が増していくにつれ、彼女とビショップとの関係は緊張をはらむものとなっていった。

ロバート・ロウエルやほかの人たちに宛てたビショップの手紙は、彼女のブラジル時代について興味深い光を投げかける。手紙の中には、個性的な天気、召使いたち、地元の人たち、ペットのことなどについてのコミカルな傑作もある。だが多くの書簡は、ロタ・デ・マセド・ソアレスのブラジル政界での役割、ときに暗く陰険なものとなった彼女の同盟関係と忠誠のありように重きをおいている。それらは、ブラジルの政治について、一所懸命にかかわってもまったく理解不可能な世界だったというビショップの考えを強調してもいる。

ロタの同盟関係は、ブラジルの保守派政治家で強硬な反共産主義者、カルロス・ラセルダ[*8]という人物を中心にしたものであった。ラセルダは、ビショップがブラジルに来て二年後の一九五四年に起こった暗殺未遂を切り抜けて生き延びた。この暗殺はブラジル大統領によって計画されたもので、大統領は計画の失敗を受けて自殺した。ビショップは、「穏健な独裁者の自殺　Suicide of a Moderate Dictator」というこの出来事についての生前未発表の詩を書き、それはカルロス・ラセルダに捧げられた。一九五五年ビショップはロウエルに書いた、「私の友人であり同胞でもある、カルロス・ラセルダ（ブラジルのニュースを読めば、去年の彼の動向はきっとわかるはずです――ヴァルガス大統領の失墜と自殺の実質的な原因である若い男です）が、数日中にニューヨークに飛びます、私は、あなたに送るこの詩を彼へのプレゼントにするつもりです」。

後になって、一九五五年、ブラジルのクーデター未遂[*9]の後、彼女はロウエルに再び手紙を書いた。「改革は失敗しましたが、ここで私の親友の一人が改革のリーダーだったのです。……彼は本当に素晴らしい男です。……何にでもなれる男です、もちろん、独裁者にでも。カトリックですが穏健派です。とにかく、彼は国から逃亡しなければなりませんでした」。一九五九年に彼女は再びラセルダのことについて書いた、「権力の類型――それについては、ほとんどの詩人が（というか、私は）無知です――を示す好例。……現在そうなりそうな様子なのですが、次の選挙の結果次第で、カルロスは副大統領（ゆくゆくは大統領にも）になるかもしれません。少なくとも、教育相にはなると思われます」。

一九六一年、ラセルダは、リオ・デ・ジャネイロを含むガナバラ州の知事になった。ビショップはロウエルに書いた、「ロタがカルロス・ラセルダから彼のために働いてほしいと誘われ、私たちは、このことは彼女にとって非常に重要だと感じています。……彼はロタに、リオ湾沿いの大規模な新埋め立て地を任せました。……そのほかにレストラン、公園、遊園地、屋外喫茶店などを建設するに十分な土地も。……ロタは、最高の造園家と一緒に仕事をしています。地元で最高の建築家四人もいますし――リオという土地柄から、皆古くからのつき合いだし、今のところはすべてうまくいっています」。

一九六三年、彼女は手紙に書いた、カルロスが一九六五年の選挙に出ること、もし勝てば「きっとロタは教育相か大使か何かになるでしょう。……彼女は、彼のほとんど唯一の真の友人だと思います」と。この年の終わり頃、彼女がロタと共有していた山荘にカルロスが到着したエピソードをこう述べた、「明かりという明かりが全部灯され、テラスには見かけない男たちがいました……そこへ、誰あろう、カルロスその人が現れたのです――みな軍服姿でした。……思うに――わからないけど――彼は自分の家に向かって出発した、そして、後をつけられたのか、彼の家は包囲されていたのか、何かそういう状況だったのです。先週、彼の誘拐未遂事件もありました」。セルダは彼と一緒だった。

一九六四年四月、知事官邸にラセルダがバリケード封鎖されたとき、ロタは彼と一緒だった。「彼女は将軍の一人から安全通行券を手に入れていました」とビショップは書いた。「四月一日、カルロスは助けてくれと放送したのです。本当に絶望的な声でした。私はそれを短波で知ったのですが。……最悪の時でした――ロタが中にいることを私は知っていました――彼女は戻ることを主張していた――というか、中にいてくれて、連邦軍にとらえられないことを望んでいたのです。ところが――一時間後にすべては終わりました」。カルロスとロタはうまく切り抜け無事だった。「この二日間大勢が監獄にぶちこまれています――なんということ――大物はほとんど……リオだけでも三千人以上が検挙されました。カルロスは何度も命令を出しました、警察の野蛮行為は許されないなど――でも、警察に暴力はつきものですから」。

これらのことが起こった数日後に書かれた手紙で、ビショップはロウエルにこう書いた、「でもこれは私の世界じゃない――ですよね?」。しかしながら、翌日彼女はラセルダを熱烈に弁護し、アメリカのメディアの彼に関する否定的報道を攻撃する手紙を書いた。その内容はこうだ、「市民権を取り上げるのは間違っています。それはまあ――理想的なことを言えばもちろんです――でも、そもそも警察というものもない、弱い、貧しい国で、一体どうしたらいいというのでしょうか？」。手紙の終わりの方で彼女は書いた、「ごめんなさい――私はもう何も言わず、ワーズワースの覚え書きに専念するだけにします」。翌年、彼女はブラジルの政治についてこう書いた。「私には状況が理解できません。……すべてが前より悪くなった、それだけです」。

ビショップとロタの関係も悪化した。カルロス・ラセルダが知事を辞めると、リオに公園を造る仕事を反対を押し切って続けようとしたロタは、非常な圧力を受けることになった。ビショップは、オウロ・プレトの町で飲んで時間を過ごした。一九六五年終わりに、ビショップはシアトルへ教えに行き、そこで若い女性と恋愛関係になった。彼女が帰ったときも状況は好転していなかった。ロタが神経衰弱になったからだ。彼らの友人の一人が当時を思い出してこう語っている。「ロタが病気になり、エリザベスは不幸になった。……政府が代わった。新しい知事は、例の公園の件で彼がしてくれるだろうとロタが思っていたようにはしてくれなかった。……それで、ロタは泣いてばかりいた」。『エリザベス・ビショップ、その人生と思い出 *Elizabeth*

Bishop: Life and the Memory of It』[*10]の中でブレット・C・ミリアが言うところによれば、一九六六年十一月終わりまでにロタは「入院した」、そして、「薬を大量投与され、毎日何時間も寝ていた。エリザベスは、ロタがいない間ストレスに耐えられず一人でいることができなくて、オウロ・プレトへ行った……エリザベスは、毎日二度電話でロタと話したと言った。だが、帰れば雨あられと降りかかる非難と後ろめたさに向き合うのが嫌さに、当初予定していたより十日も長く滞在した」。

ロタ・デ・マセド・ソアレスは一九六七年、ビショップとニューヨークにいる間に自殺した。ビショップは友人たちに書いた。「ロタは意識を回復することなく月曜日の朝亡くなりました。……彼女は素晴らしい女性でした。……私は、彼女が病気になる前、私の最も幸せな十二、三年を彼女とともに過ごしました――そのことは、この無慈悲な世界にあって特筆すべきことだと思うのです」。また他の友人たちに彼女は書いた。「自分がしたとわかっている間違いすべてについて、私は自分を責めないようにしています。彼女は素晴らしい女性でした――本当に起こったことは誰にもわからないでしょうけど」[*11]。また別の友人にはこうだ、「彼女は意識してこれを計画していたのではないと思うのです。だって、いっぱいいろんなもの――コーヒー十二キロとか――を運んでいたのですもの。私たちが数時間一緒に過ごした後だったのです。彼女は疲労困憊していて、病んでいてかなりの鬱状態でした。おそらく彼女は、ニューヨークへ着いた途端に奇跡が起こってよくなるのだと感じていたのじゃないかと思うのです。本当のところはわかりません――そしてもちろん、私は自分を責めないではいられないのです。私は彼女を元気づけようとしました。……でも、やはり何かの理由で私が彼女をひどく落ちこませたに違いないと感じるのです。私たちは喧嘩はしませんでした――すべては平和と愛に満ちていました――本当です。そうなのですよ――早く寝ました、もちろん、私が疲れてあんなにぐっすり眠りこんでいなかったら、彼女を助けられたかもしれないのです」。

一九六八年ビショップはサンフランシスコに引っ越したが、定期的にブラジルで暮らすことは続けていた。一九七〇年、ビショップはハーヴァードでロウエルのクラスを担当していた。そしてそこで彼女はアリス・メスフェッセルと出会った。二人はパートナーになった。一九七三年、ビショップはボストンのルイス・ホーフにアパートを買った。そこで彼女は、リオでそうであったように、再び大洋を眼前にすることになったのだ。

ブラジルについての彼女の最初の偉大な詩が一九五七年に書かれた「アルマジロ」であるとすると、二番目の偉大な詩「サンタレン　Santarém」は二十一年後に書かれた。彼女が亡くなる一年前だ。それは、彼女のノヴァ・スコーシャについての最高傑作と同じように、喪失感、つまり起こったことあるいは目の前にあることを、たった一人の生き残りの無力な声で何とか意味あるものとしようとする思いで満たされている。取り乱しつつも、書きかけの文章を続けるかのようにさりげなく、彼女はもう一度書き始めるのだ。「もちろん私の記憶はみんな間違っているかもしれない／あれから、あれからいったい何年たったのだろう」。

そして始まるのだ、二つの川――タパホス川とアマゾン川――が合流する場所の記憶が。詩は二重性と両極性（「雄鶏たち　Roosters」の最終行「忠実な敵、あるいは友」のように）という考えについて考察している。ロタが亡くなってから十年以上経っており、ビショップがロタに書き送った手紙はロタの友人たちによって破棄されていた。これが、彼女の記憶しているシーンは「みんな間違っている」かもしれないという一つの理由である、なぜなら、彼女はこれらの手紙を資料として使おうと計画していたからだ。いずれにしても、「あの川をめぐる目くるめく弁証法」という彼女の最も美しい詩語で述べているシーンについて彼女が思いをめぐらしているとき、彼女は独りぼっちのようだ。

その声は安定している。気まぐれは隅に押しやられている、いつもの重々しさになだめられて。ビショップは、今なおものを描写することがとても好きで——「たくさんの雑多な／川船」「ほの暗いすてきな雲でいっぱいの空」——旅行者が喜びそうなのどかな場面を作り出さんばかりである。「すべてが輝き、陽気ですがすがしい——まぁそんな感じ」。この「まぁそんな感じ」は注意を要する言いまわしで、ちょうどビショップがブラジルでいっぱい聴いたアントン・ヴェーベルン[*12]の、メロディを成さず、抑えこみ、身を転じ、そっとほのめかし、それから、耳障りな音が入りこみ、それから受け入れられる、そんな室内楽の瞬間に似た警告のサインだ。

詩の進行に伴って詩人は、群衆とのどかな大混乱を面白がって第三者として観察している。それから最後の連、「青い薬局で」彼女は、空っぽのスズメバチの巣を見る。何年か前、キー・ウェスト時代の「ヘロニモの家 Jeronimo's House」という詩で、彼女は、家そのものと家の細部と美をハチの巣に譬えたことがあった。

おれの家、おれの妖精の
　宮殿は
腐りやすい
　下見板張り
全部で三部屋
　ぼろ紙かみ砕いて
つばきで固めた
　グレイのスズメバチの巣

この詩において、家は、安らぎと奇妙な幸福感のイメージに満たされた安息所である。「ハリケーンからのおれの避難所」、ビショップが南へ移ったとき探し求めたものはそれだけだった。「サンタレン」でこのイメージは再び復活する。「小さくて、繊細で、清潔なつや消し白で、漆喰みたいに固い」。

薬剤師が彼女にそのハチの巣をプレゼントしてくれる。船に戻ると、同じツアー仲間のフィリップス・エレクトロニクス社の元社長が訊く。「あの汚ないものは何だね?」。彼の質問は詩の最後の言葉であるが、その答えはきっと打ち勝ってゆくであろうし、ハチが自力で作り上げた巣の完璧さに内包されて生き続けるのだ。ちょうど「青い目、英語の名前/そしてオール」が、アマゾンのこの地域で歴史にのみこまれることなく生き残っているのと同じように。その答えはまた、この景色の安楽、静寂、成就の感覚に内包されている。あたかも、嵐や歴史の爪痕をものともせず、自然と文化との意思疎通が可能になったかのように。

巣が記憶され、想起されたことで十分である。それは、ビショップの全作品が象徴するものに一番近い。それはまた彼女に、かつては完璧だった家庭を思い起こさせるだろう。だが、現実のただ一つのものとして、見られ、思い出に収められ、注意深く描写されるものとして詩の中に存在することによって、現実の姿以上のものに作り上げようとするいかなる努力にも抵抗するであろう。

注

＊1　「シャンプー　The Shampoo」――『詩集　北と南・冷たい春』所収。

＊2　「一五〇二年一月一日ブラジルにて　Brazil, January 1, 1502」――『旅の疑問』所収。

＊3　ヘロニモの家やクーチーについて書き――『北と南』所収の「ヘロニモの家　Jeronimo's House」と「クーチー　Cootchie」を指す。「ヘロニモの家」は貧しい労働者の暮らしを、「クーチー」は金持ちの家で召使いとして働く黒人の死を題材にしている。

＊4　「不法占拠者の子供たち　Squatter's Children」――『旅の疑問』所収。

＊5　「マニュエルジーニョ　Manuelzinho」――『旅の疑問』所収。

＊6　「バビロンの盗人　The Burglar of Babylon」――『旅の疑問』所収。

＊7　マシュー・アーノルド――イギリスの詩人、批評家。一八二二―一八八八。「ドーヴァー海岸 Dover Beach」は、一八六七年に最初に発表され、イギリス詩を代表する一篇となっている。引用されているのは、全四連の詩の最後の連全体。

＊8　カルロス・ラセルダ――ブラジルの政治家。一九一四―一九七七。もともとジャーナリストとして活躍し、ヴァルガス大統領時代に激しい政権批判を行い、本文にあるように暗殺されかける。その後の大統領の自殺によりラセルダへの批判が高まり国外に避難した。一九六〇年、旧都リオ・デ・ジャ・ネイロからブラジリアへと首都が移され、リオを中心とした地域が新しく設立されたグアナバラ州となった際の州知事を務めた。ロタとラセルダはジャーナリスト時代からの親しい友人どうしであり、ロタは州知事であったラセルダのもとで大規模な公園造成のプロジェクト（フラメンゴ公園）を手がけるが、次第に対立するようになった。この事業の困難がロタに大きな心労を与えた。

＊9　ブラジルのクーデター未遂――ヴァルガス大統領の自殺後、国民の多くはこれを悲しみ、カルロス・ラセルダはじめ反ヴァルガスへの反感が高まり、各地で暴動が起きた。翌年での大統領選はヴァ

ルガス派が勝利。ラセルダ等はその就任を阻止しようと試みるが、新大統領に近い立場の軍部首脳がこれを阻止して、五六年に新政権が誕生する。ラセルダは失脚したばかりでなく、政権側の攻撃にさらされ、身の危険を感じて国外へ脱出せざるをえなかった。

＊10 『エリザベス・ビショップ、その人生と思い出 *Elizabeth Bishop: Life and the Memory of It*』――一九九五年、カリフォルニア大学出版局（University of California Press）刊。著者のミリアはアメリカ文学研究者。

＊11 本当に起こったことは誰にもわからない――自ら運転していた自動車の事故というロタの最期が自殺であるか事故であるかは、説が分かれている。

＊12 アントン・ヴェーベルン――オーストリアの作曲家。一八八三―一九四五年。シェーンベルクに師事した。

悲しみと理性

トム・ガンが亡くなった二〇〇四年の四月頃だったが、私は一日の仕事が終わるとダブリンのわが家の書庫にしている奥の部屋へ入り、彼の『全詩集 *Collected Poems*』を取り出して詩を一篇読むことを習慣とするようになった。

ある日の夜、私に一番強く迫ってくるのは孤独を扱った詩であり、そして、彼の詩のすべてには素っ気ないと誤解されかねない一種の孤独感があると考えたことを思い出す。

ある晩私は、『全詩集』の横に、『トム・ガン、ジェイムズ・キャンベルとの対話 *Thom Gunn in Conversation with James Campbell*』という小さな本があるのに気づいた。まだ読んでいなかったので、私はそれを取り出して何気なく読み出した。十九ページに次のような文言があり、一瞬ハッとした。キャンベルが訊いた、「あなたの新しい本

『ボス・キューピッド　*Boss Cupid*』には、あなたのお母さんについての新しい詩がいくつか入っていますね。お母さんのことを書くのは初めてですか」。これに答えてガンは、この新しい本の中の「母の誇り　My Mother's Pride」という短い詩（最終行は「私は母によって作られ、そして母によって壊された」）について述べ、こう続けた。

母についての第二の詩の題は「ガス点火器具　The Gas Poker」です。彼女は自殺しまして、私と弟が遺体を発見したのですが、それは彼女の責任ではなかったのです。詩に書いてあるように、彼女はドアを開けられないようにしていたのですから。言うまでもなくこれは決定的なトラウマ経験でした。誰の人生であっても、そうなるでしょう。つい数年前まで私はそれについて書けませんでした。でもやっと対処の仕方は実にはっきりしているのだということがわかったのです。一人称を退けて三人称で書くのです。そうしたら、簡単に書けたのです。だってもう自分自身のことを書くわけではなくなったのですから。

私はもう一度その言葉を見た。「言うまでもなくこれは決定的なトラウマ経験でした。誰の人生であっても、そうなるでしょう」。ここで私は、部屋のあちこちの本を探し回り、ついに探していた引用を見つけ出した。デイヴィッド・カルストーンの『詩人になること *Becoming a Poet*』の中の文章で、それは、一九六四年にエリザベス・ビショップがアン・スティーヴンソン宛[*1]に送った手紙からのものだった。「私は、教科書にとり上げられるくらいの特別「不幸な子供時代」を経験したと思うのですが——自慢しているとはとらないでくださいね」。その手紙の中でビショップは、彼女の母が精神を病んでいることについて書いた。「よくなるのではないか、彼女は治るのではないか、などなど……でもまあ、見ての通りです。時代は変わりました。私の友人には精神がおかしくなったり、なりそうな人が何人かいます。皆そのことを自由に喋りますし、私はよく精神病院へお見舞いにも行きます。しかし、一九一六年の状況は今とは全然違っていました。二年たって治らなければ、希望は完全に放棄されたのです——」。

「でもまあ、見ての通りです」。私は再びこの言葉を見て、ガンの言葉の横にそれを並べてみた。「言うまでもなく決定的なこれはトラウマ経験でした。誰の人生であってもそうなるでしょう」。それから私は、「自慢しているとはとらないでくださいね」

を「一人称を退けて三人称で書く」の隣に並べてみた。それから私はもう一冊、ロシアの詩人、ヨシフ・ブロツキー[*2]の本を見つけた。表題作は「悲しみと理性について On Grief and Reason」で、ロバート・フロスト[*3]の詩「家庭埋葬 Home Burial」をかなり詳しく論じているものである。「では彼は、この詩、彼自身の詩において何を追究しているのか」とブロツキーは書いた。「彼は悲しみと理性を追究していたのだと私は思うが、この両者は互いに毒し合うものにして、言語の最も効果的な燃料でもある――あるいは、詩の消すことのできないインクである」。

そして私は今、ビショップとガンの中でそれにぶつかったのだった。つまり、悲しみが理性にカモフラージュされつつ、悲しみと理性が死力を尽くして戦い抜くさまに。

数年前に私が書いた『暗黒時代の愛 *Love in a Dark Time*』[*4]の序を探す必要はなかった。その序の中で私は、彼らが同性愛者であることを知らないままに、十代後半のとき熱中して読んでいた四人の作家として、トム・ガン、エリザベス・ビショップ、トーマス・マン、ジェイムズ・ボールドウィン[*5]の名前を挙げたのだった。『暗黒時代の愛』にはこの四人全員についてのエッセイがあり、これらの作家をよみがえらせ、語りかけ、ゲイ作家としての私自身が彼らと触れ合う手段として書いたものだった。そして今、今夜この部屋で、テーブルの上にあるこれらの本――ガンの『全詩集』、キャンベルによるガンのインタビュー、エリザベス・ビショップと彼女の友人についてのデイヴィッド・カルストーンの本、ヨシフ・ブロツキーの『悲しみと理性について』――に向き合い、ガンとビショップの詩、ボールドウィンやマンの小説が常ならぬ力をもって私の感情を揺さぶったのは、これらの作家がゲイであるからだと、かつて私は思ったのだが、それは間違っていたのかもしれないと悟ったのだ。

同性愛は真実の一つの面に過ぎなかった。もう一つの面は、この四人の作家はいずれも、子供時代あるいは思春期に親を亡くしたということだった。マンとボールドウィンはこれを直接的に、少なくとも皮肉かまたは議論の形で扱っている――例えばマンの初期の小説「ブッデンブローク家の人々 Buddenbrooks」、あるいはボールドウィンの「アメリカの息子の覚え書き Notes of a Native Son」において――のに対して、ビショップとガンは、告白詩が流行していた時代において、悲しみを理性の仮面で覆った。パーソナルではなく、消極的な描写で、計りしれない強力な留保のトーンが彼らの作品の中心に横たわっていた。それこそが私の気づいたことだったのだ。

一九九〇年代初期に行われた『パリス・レヴュー』誌のインタビューでガンは、詩作において喚起される二つの異なる力をはっきりと区別した。一つは「ものごとを図式に収めておく非常に意識的な調整力」であり、もう一つは「原初的あるいは無意識的と呼べる要素」である。

エリザベス・ビショップもトム・ガンも、読者から距離を置くところから出発した。全身で没入するのではなく、それを観察しているかのように、彼らは世界を描いた。中立と乖離のトーンを用いた。詩において彼ら自身あるいは彼らの感情を探索する過程で、読者に助けを求めたり、精神的滋養を求めて書いているのではないことを明確にした。ビショップは、目に触れないほどの小さなものを、不安定で頑固なまでの独自の目と驚嘆の心で書いた。一方ガンは、韻とリズムと詩行に対する制御力を持つことを楽しんだ。彼は、判断力、意志、強靭さ、そして暴力に対する深い関心を見せつけた。

両詩人とも、普通の世界に住んでそこを描き、そこの住人を観察することを専一にした。彼らは、きわめて些細なことがらについての詩を書いた。彼らの詩は、弛緩し、張りつめ、また弛緩するというトーンと感触の間を絶えず往還する。そのトーンと感触は、明瞭に話したかと思うと口をつぐみ静かになる。

思考やものごとに向き合ったとき彼らは、しっかりとしたコントロールと明快で的確な描写により矯正し、正当化し、ときには回避しようとした。それはまるで、彼らはこの世界に今着いたばかりで、だいたい満足だと思ったのだがそのうちにそのルールに少々困惑するようになり、すぐ自分自身のルールを作り始めたといった感じだった。ガンは、詩人、ゲーリー・スナイダー[*6]について書いた。「非常にシリアスな詩人の常として彼は、ほぼ完全に未知なる宇宙のほとんど何も知らない惑星——彼はそこで、意味を創造し発見しようと試みなければならないわけだが——で、自らを発見するということに係っているのだ」。インタビューの終わりでジェイムズ・キャンベルがガンに、この一節はトム・ガンがトム・ガンのことを言っているのではないかと尋ねると、ガンはこう答えた、「そうですね」。エリザベス・ビショップについても同じことが言えるだろう。

しかしながら、ゲーリー・スナイダーと違ってガンもビショップも、限りなく定型に通じており、不思議と平明な詩の言葉を書くことができた。しばしば彼らは自分の詩に、定型詩的な構成を念入りに創造した。彼らは優雅さを醸し出し、それはガンの場合、フランク・カーモド[*7]によって「貞潔なトーン」と呼ばれることもあった。そして彼らの詩のエンディングは、断定することと断定しないことの間で浮遊しているかのようだ。私たちが知っている詩の結びと、結びのための言葉にこれでもかというほどの悔いがこめられているという感覚の狭間で浮遊しているのだ。

ビショップとガン両者の作品では、言葉はただ彼らが述べたことを意味した。従って、言葉はこの上ない精確さとひそかな配慮でもって選ばれ、検討されねばならなかった。彼らの詩は、ガンがベン・ジョンソン[*8]について書いたことからその基本理念を採った。「冷静さ、形へのこだわり、あらゆる目立つレトリック技術を捨てること、詩を支配する外的状況の常識的把握」。ガンとビショップにとっては、言葉は商取引であり、お釣りはありえなかった。批評家、デイヴィッド・カルストーンはビショップの「待合室にて In the Waiting Room」の詩行「突然、中から苦痛のおお！という叫びが聞こえた」を読んで、「中」というのが歯医者の診察室の中を指すのは明らかだが、少女の頭の中を意味すると解釈することもできるとし、「不意に訪れた自己同一の瞬間」が起こったと考えることも可能と解釈した。ビショップは彼のこの詩の解釈を読んだとき、彼の「中」の誤解釈に動揺した。彼女はただ、具体的で精確な唯一の意味――待合室という外に対する歯医者の診察室の中を指す――のつもりだったので、カルストーンに長距離電話をかけて、「中」に多義はない、読者が読み違えないよう彼女はこの行を変えなければならないと言った。
ガンもビショップも、明瞭で理性的な詩の言葉づかいはもちろんだが、優雅な奇想にも長けた。ガンの初期の詩「まあるいまあるい　Round and Round」のように、詩という形で楽しい遊びをした。

灯台守の世界は円形だ
持ち物も輪になって踊る――
灯台の中で望むものはすべて
妻、ラジオ、パン、ジャム、せっけん、
それでも、日夜彼の緊張した希望は
飛び出して
波がしらが砕け散る音に
耳を澄ます――
灯台守の世界は円形だ。

すでに見てきたように、ビショップも灯台について書いた。彼女のトーンは楽しげで、「シルク・ディヴェール　Cirque d'Hiver」のように、ほとんど明るいと言えるものである。

つま先立ちでくるりくるり、踊り子は。
スカートと金銀糸の上着には
縫いつけられた造花のバラ。
頭の上にも造花のバラをかざし
ポーズを作る、踊り子は。

彼女もガンも、半人、半獣、あるいは完璧に人間の性質を持った動物、あるいは、本当は動物である人間についての不思議な、ほとんどシュールな詩を書いた。ビショップの「人―蛾　The Man-Moth」とか、ガンの「オオカミ少年の寓話　The Allegory of the Wolf Boy」、一九七一年の詩集の表題作「モリュ　Moly」などがそれに当たる。

二人とも、大げさで、日常のささやかな体験に裏打ちされていないような姿勢は詩にあるまじきという立場を取っていた。例えば、別に相談し合ったわけではないが二人は、スティーヴン・スペンダー[*9]の「真に偉大な者を私は常に思う　I think continually of those who were truly great」のパロディーを書いた。ガンの詩はこう始まる。

歴史の中の強者を思う
そして、そういう者たちがいたことに感謝する、開けても暮れても
アレキサンダーから
スティーヴン・スペンダーと遊ぶことはないだろう者たちまで、強者を称賛す

一九六五年二月付のランダル・ジャレル宛ての手紙でビショップは、「真に偉大な者たちのことを思うことはまずない　I practically never think of those who were truly great」を書いたことを告白したが、あえて発表しなかったとつけ加えた。

ガンもビショップも、家庭とは感じられない家で叔母に育てられた後故郷を離れ、大洋に臨む丘に囲まれた美しい異国の都市に定住した。ビショップはリオへ行き、ガ

ンは一九五四年二十四歳のときイギリスを離れ、彼の人生のほとんどをサンフランシスコで過ごした。二人とも楽しさと安心感と驚きをもってこれらの都市とその住人について書いた。彼らは偉大な観察者となった。ビショップは詩や手紙に、母の出身地であり、彼女が子供時代初期を過ごしたノヴァ・スコーシャを懐かしんでいることを明らかにすることがある。ガンの作品にはイギリスの記憶が散見されるが、彼は故郷を懐かしむということがないように気をつけていた。「なぜイギリスを離れたのかわかりません」と彼はジェイムズ・キャンベルに語った。「なぜかわかりませんが、あそこに住まなくて本当に幸せなのです」。

ガンとビショップが詩で発する言葉の多くには偉大なる沈黙というものがある。私が初めて彼らの詩を読んだとき、私の胸を打ったのはこの沈黙であり、今なお胸を打たれ続けている。それは感情にずしんとくるものだった。言葉と言葉の間の空間に、連の末尾や詩自体の末尾にあるトーンとトーンの間のたゆたいに、優雅さの中に、注意深さの中に、そして語る者や描写される者としての孤独な人物像の用い方の中にある何か。それが私をハッとさせ、何か重要なものが隠され、そして同じくらい重要なものが述べられているのだということを悟らせたのだった。

両詩人とも、大惨事を何でもないこと、あるいはたいしたことではないとでもいうかのように扱う方法を知っていた。ガンは一篇の静かな詩を書いた。「絞首台では無言 No Speech from the Scaffold」という詩で、次のように始まる。

言葉はないだろう
絞首台からは、光景が
自ずと語るはずだから。

これと同じものが、ビショップが「試作 Little Exercise」の中で、嵐を潜り抜けてきた人を想像するよう主張するところに見られる。「マングローブの根っこにあるいは大きな橋桁につながれた／手漕ぎボートの底で眠る人／傷つけられることもなくいささかも動揺しないその人のことを思え」ということは、ここでもまた、二人とも死によって心乱れることはほとんどないのだ。『歓喜抄 *The Passages of Joy*』（一九八二）の最初の詩「挽歌 Elegy」で、ガンは自らをこう慰める。

生をあのように去るという
恐怖すら
それをどうすることもできないという
恐怖よりはましだ。

そしてビショップは「ノヴァ・スコーシャの初めての死 First Death in Nova Scotia」[10]で、子供時代のいとこの死から、子供らしい絶妙な距離を置くことに成功する。「アーサーの棺は／小さな砂糖衣がけケーキだった」、そして「アーサーはとても小さかった／まだ一度も着色されたことのない／人形みたいに真っ白だった」。キャリア半ばにして――七〇年代中頃だった――ガンは、彼の詩の中でカミングアウトし、自分のホモセクシュアリティについてはっきり書いた。エリザベス・ビショップは亡くなったとき、彼女のレズビアニズムを劇化する、あるいはそれを直接扱う詩や詩の断片を遺したが、発表したのは暗示に留まるものだけだった。生前は、暗号化されていない詩は発表しなかったのだ。ほとんどの場合、彼女はセクシュアリティを作品から排除していた。ビショップはあるインタビューでこう言った、「十分に安全だなんて言えるものでしょうか？」。彼女は言ったのだ、「秘密、秘密、どこまでも秘密」が一番だと。

ガンもビショップも、六〇年代に流行になったいわゆる「告白詩[*11]」には大きな疑問を抱いていた。「この傾向は病的であることを誇張するきらいがあります。そういうことは自分だけのものにそっとしまっておいてほしいと思いますね」とビショップは言った。ガンはジェイムズ・キャンベルに語った。「私は自分を劇化するのは嫌いです。シルヴィア・プラスにはなりたくない。あの人のようにはなりたくありませんね！」。インタビューの後の方ではこう言った、「告白詩に興味はありません」。自己憐憫については、ガンはキャンベルに語った、「これに頼るのは道徳上いいことではないと思います。自分のことを憐れんでいる人って退屈ではありませんか」。ロバート・ロウエルへの手紙にビショップは次のように書いた。「苦しみということについてですが、まあ私はもっと良識ある会話ができないものかと思っているのですよ。このことについて私たちはほぼ同意見だと思うのです――それは必然的で不可避なものですから話をしても何もなりません、故にそれについて話すこと自体には何の価値もありません」。同じ手紙の後の方で彼女はつけ加えた。「『ニューヨーク・タイムズ』

のこの話がお気に入りなんです——三年生の子供の作文です。ぼくは弟に言いました、お前が死んだら息できないんだよって。弟は何も言わないで遊んでいました」。

彼女およびトム・ガンが、テキストから何を隠すようになったのかを感じ取るのは簡単である。ちょうどあの『ニューヨーク・タイムズ』紙の弟のように、彼らが一言も言わずに遊び続けたことが、彼ら独自のトーンを作ったのだ。ともにヴァッサー大学の学生だった頃ビショップを知っていたメアリ・マッカーシー[*12]（ビショップは、マッカーシーの小説「グループ The Group」のレイキーは自分をモデルにしていると信じていた）は、彼女のことについて言った。「彼女の心が言葉に隠れるのをうらやましいと思うわ。ちょうど「私」が見つかるんじゃないかと怯えながら百数えるときのように」。ジェイムズ・メリルは、ビショップが「直観的に、謙虚に、生涯普通の女を演じ続けたこと」について書いた。『パリス・レビュー』誌のインタビューでトム・ガンは、「はぐらかすっていうやり方は……詩を成功させるのに役立つかもしれない」と賛同する意見を述べた。

ビショップもガンもインタビューで——そしてもちろん彼らの書いた詩で——彼らが例えばロマン主義の詩人やモダニズムの詩人より、十六、十七世紀の詩人に負うところの方が大きいことを明確にした。ビショップは、ジョージ・ハーバート[*13]の「トーンの全き自然さ」に讃嘆していることを表明し、彼が「自分にとっての最も重要で永続的な影響」を与え続けてきた詩人だと言った。インタビューで彼女は、コールリッジ[*14]がハーバートについて言ったことを述べた。「彼は、最も幻想的なことを徹底的に平明な日常の言葉で書いた。それこそ私が常に達成しようとしていることなのです」。

ビショップは、母親の神経衰弱と幽閉についてはは完成した詩を一つも書かなかったが、一九五二年彼女のブラジル到着後、「村にて In the Village」という物語にそれを書いた。この物語は、彼女の母親の神経衰弱と、彼女自身が目撃した実際のできごとを扱っていた。後に彼女は「真夜中に飲んだコルチゾンとジントニックの結合」の影響下、物語を二晩で仕上げたと言った。それは一九五三年十二月、『ニューヨーカー』誌に発表された——彼女はその金で中古のＭＧを買った。

「「村にて」は」とビショップはある友人に書いた、「完全に自伝的です」。十年後彼女は別の友人に、「「村にて」が部分的に自伝的などということは断じてありません。私は、時間を少し圧縮しました、ふた夏をひと夏のように、内容で少しずらしたところもあります——ですが、事実であることには変わりません」。「村にて」を初めて読んだとき、ロウエルはビショップにどれくらい自伝的なのかと尋ねた。後になって彼は彼女への手紙に書いた、「まるであなたは書いているのではないみたい。人でいっぱいの騒々しい部屋で話をしていて、話し続けていると急にまわりが静まりかえるといったふうですね」。

ロウエルが『北軍死者たちのために *For the Union Dead*』の中に彼の詩「叫び The Scream」を発表したとき、これがビショップの物語をもとにしていることを彼は認めた。彼は彼女に手紙を書き、彼女の物語から着想を得て一篇の詩を書いたというニュースをつけ加えた。「私は、あなたの「村にて」を詩にしてみました。……あなたの散文を三ビートの詩行に収めたわけですが、なんだかおちゃらけたちっぽけでお遊び程度のものができてしまいました。元の文は、もっとのびやかで、もっと快活で、もっと健康的なのに。私のは、叫びを楽しい「騒音」にしただけ。不安だけど、とにかくこれを送ります。あなたの本当に偉大な詩を書くための、粗削りな素材くらいには使えるかもしれません」。

ビショップは彼女の詩からロウエルが作った詩を読んで、彼に書き送った。「「叫び」はなかなかいいじゃないですか。この物語ははるか過去のことですから、今はもう詩として見ることができます。最初の数連は自分の物語が見てとれるだけですが——その後は詩が独り歩きします——そして、最後の連は素晴らしい。構成はしっかりしていて、大事なことはすべて盛りこまれています。とまれ私はたいへん驚きましたよ」。

彼女がなぜ驚いたかははっきりしているものの、的を射てはいないかもしれない。「村にて」と「叫び」の違いは、二つの感性の違いである。ロウエルが謝辞の中で言っているが、ビショップの「美しい、静かな物語」はミステリーに満ちており、説明されすぎることもないし、強調されすぎることもなかった。この物語のポイントは見失われやすいだろう。痛みがそのトーンにあった。叫びはつまらないものとして捨て去られそうになりながらも、かろうじて留まり、それゆえにいっそう力強いものになっている。起こったことへの言及とか、彼女を事実上の孤児にした状況への言及は、かろうじて劇化されていて、ビショップにとっての自然な手段ではない散文の中であることと相まって、物語の中では正面切ってではなく、間接的に述べられるに留まる。

物語の幕が開く。

叫び、叫びのこだまが、あのノヴァ・スコーシャの村の上に留まっている。誰にも聞こえない。永久にそこに留まっている、澄み切った青い空の小さなしみ、旅行者がスイスの空にも譬えた空、あまりにも濃いブルーなので、水平線あたり――目の縁あたり？――をさらに暗くし続けているよう。雲の色あるいはニレの木の花、小麦畑のスミレ、空だけではなく林、川の上に暗く垂れこめる何か。叫びはそういう風に聞こえはしないが、記憶の中に留まっている――過去に、現在に、そしてその間に挟まれた年月に。大きな声ですらないかもしれない、たぶん。やってきて居座った、永久に――大きな声ではない、気息奄々、永久に。その音程は、私の村の音程になるだろう。教会の尖塔のてっぺんの避雷針を指の爪で搔くとそんな音が聞こえるかもしれぬ。

一九五五年のロウエルへの手紙でビショップは、自分にとっての散文と詩の違いを明確にしようとした。それは、「村にて」を含む彼女の書いたいくつかの物語から、彼女が「大変な満足感」を引き出すことになったかもしれないものだ。「詩において真実を語らずにいることはほとんど不可能だと思います」と彼女は書いた、「でも、散文においては真実は非常に巧妙に姿を隠し続けるのです」。ビショップは人生のほとんどにわたって、この彼女から姿を隠し続けるものをつかむことに関心を持ち続けた。真実が姿を現すときに、より鋭く精密になるのに合わせて、それにふさわしいトーンと形を彼女が見つけられるように。

ロウエルは、ビショップの物語の叫びを自分の詩の叫びにしようとした。彼女が認めたように、彼はかなり素晴らしい出来栄えのものが書けたかもしれない。一方で、ビショップに準備が整っていたら、彼女がこの素材から「本当によい詩」を生み出すことも可能だっただろうと彼が感じたのは正しかった。しかしながら、自分に一番重要なことに直面するのを避けるというのが、詩人としての彼女の才能、彼女の天賦の才能の中核を成すものだったのだ。彼女は、自分にとって一番大事なことを彼女のトーンの中に隠したが、このトーンこそ、彼女が書いた最もよい詩を、それそのものから一段上に押し上げているものだ。

自分の生いたちの事実について沈黙を破ろうとする彼女の努力は、ロウエルを奮い立たせ、ただ単に彼女の物語から詩を書かせるだけでなく、さらに彼自身の物語を散文で表現するようにと導いた。彼の伝記的作品「リヴィア通り九一 91 Revere

Street」は、彼が「村にて」を読んだ後に書かれ、彼の『人生研究 *Life Studies*』の中に収められた。彼はビショップに書いた、「この詩は、精神を病んだお母さんと牛についてのあなたの素晴らしい詩の後では、力ない小手先のものに見えましたが」と。入り組んだまねっこ遊びをやっているかのように、彼が彼女の例にならったので、今度はビショップが彼の例にならったわけだが、彼女は「村にて」の物語を一九六五年、次の詩集『旅の疑問』に収録した。彼女はロウエルにこう書いた、「私の編集者は最初ノーと言いました、あなたの模倣でありすぎるというのです（その通りです）――ですが、物語を読んで彼は考えを変えました。というわけで彼は今、これが収録されることに全面的に賛成しています」。

注

＊1　アン・スティーヴンソン――イギリス出身、アメリカで活躍する詩人、評論家。一九三三―。

＊2　ヨシフ・ブロツキー――ロシアの詩人。一九四〇―一九九六。一九七二年にソ連を追放されアメリカに渡る。ノーベル文学賞など受賞。ブロツキーのエッセイ集『悲しみと理性について』は、一九九五年、ファーラ・ストラウス＆ジロー社刊。

＊3　ロバート・フロスト――アメリカの詩人。一八七四―一九六三。ピューリツァ賞四度受賞など、アメリカを代表する詩人の一人に数えられる。「家庭埋葬」は一九一四年の作品で、赤ん坊だった子供を亡くした夫婦の会話から成る詩劇。

＊4　『暗黒時代の愛　*Love in a Dark Time*』――二〇〇二年、ピカドール（Picador）社刊。サブタイトルに「*Gay Lives from Wilde to Almodóvar*　ワイルドからアルモドバルまでの同性愛の人生」とあり、オスカー・ワイルドやスペインの映画監督ペドロ・アルモドバルなど、同性愛の作家たちの困難な人生についての評論集。ビショップについても触れられている。なお、コルム・トビーン自身も同性愛者であることを公言している。

＊5　ジェイムズ・ボールドウィン――アメリカの小説家。一九二四―一九八七。黒人であり同性愛者であるという自らの二重のマイノリティをテーマにした作品を書いた。

＊6　ゲーリー・スナイダー――アメリカの詩人。一九三〇―。ピューリツァ賞など受賞。五〇年代前半はビートニクスの詩人たちと交流を持つが、五六年から六八年まで禅の修行のため日本に滞在。

＊7　フランク・カーモド――イギリス出身の文学研究者。一九一九―二〇一〇。

＊8　ベン・ジョンソン――イギリスを代表する歴史的詩人。一五七二―一六三七。

＊9　スティーヴン・スペンダー――イギリスの詩人。一九〇九―一九九五。

＊10　「ノヴァ・スコーシャの初めての死　First Death in Nova Scotia」――『旅の疑問』所収。

＊11　告白詩――五〇年代から六〇年代のアメリカ詩に現れたスタイル。自身の私生活、セクシュアリティ、トラウマや精神病質などを扱った詩を指す。シルヴィア・プラス、W・D・スノッドグラス、アン・セクストンなどの詩人が、ここに分類される。

＊12　メアリー・マッカーシー――アメリカの評論家。一九一二―一九八九。六〇年代から批評家として活躍。六二年に発表した小説「グループ　The Group」がベストセラーとなる。ヴァッサー大学を卒業した八人の女性たちの人生を描いた群像劇。そのうちの一人レイキーは、パリへ留学し同性の恋人を連れて帰国する。ビショップとマッカーシーの交流については本書「バルトーク・バード」の章でも触れられている。

＊13　ジョージ・ハーバート――イングランドの詩人。一五九三―一六三三。

＊14　コールリッジ――イギリスの詩人、評論家。一七七二―一八三四。

ただで手に入るわずかなもの

トム・ガンの作品をビショップがどれほど読んでいたかは、はっきりしない。出版された彼女の書簡における彼への最初の言及は、彼女がサンフランシスコに住んでいた一九六八年八月である。ロバート・ロウエルへの手紙の中で、彼女は彼について述べた、「ええ、詩人にも何人か会いました——でも今でもまだ本当に好きなのはトム・ガンだけです」。一九六八年十月、彼女はマリアン・ムーアへの手紙に書いた、「まあほとんど隣人と言ってよいくらいの人ですが、ここで出会った、ある一人の詩人が大好きです。その詩人の名はトム・ガン。彼の詩はおおむねとてもいいと思う。彼はイギリス人で、ここに長く住んでいます」。翌年二月、彼女はガンおよび他の詩人たちとともに、サンフランシスコ州立大学の優秀な教員たちのための詩の朗読会を開催したが、ジェイムズ・メリル宛ての手紙によると、このとき彼女は「ガンの詩と私の詩が一番いい」と思ったという。この年の四月、また別の友人に、彼女はサンフランシスコで会った詩人たちについて書いた。「でも私はトム・ガンが一番好きですね」。ガンは、一九六八年春初めてビショップに会ったときのことを思い出してこう言った。「ある日私が電話を取ると、知らない人でしたがとてもいい感じの男性の声で……エリザベス・ビショップが私に会いたがっている、一度ご一緒に飲みにいらっしゃいませんか、と言いました。エリザベスがちょうどサンフランシスコへ引っ越してきたときでした。それで私は出かけて行ったんです。エリザベスとスザンヌ（仮名、その頃の彼女のパートナー）がいて、エリザベスは意識朦朧、ひどく酔っていました。その夜はずっと当たり障りのない会話をしていたのですが、エリザベスはときどき単音節語を発する程度でした。翌日スザンヌが電話してきて、もう一度いかが？と言いました。今度は彼らの住まいへ呼ばれまして、それ以来私たちは申し分なくうまくいっています。

「エリザベスと私はこの年たくさん喋りました。……と言っても、私生活についてたくさん喋ったということではありません。それが本物の友情、親密な友情となるものですが。……彼女と私は、好きな詩人について、特に好きな詩、嫌いな詩について話しました。……これは絶対エリザベスに知られないようにしましたが、私はその当時彼女の詩が特に好きだというわけではなかったのです。彼女を知るようになった頃、私はもう一度彼女の詩を見直しました。あまり感銘は受けませんでした。彼女の中には、まだ詩に入ってきていない何か、適切な言葉が見つからないので「より深い何か」と言っておきますが、そんな何かがあるように思われました。「大シカ The Moose」のような詩を含む『地理三課 *Geography III*』を読んだとき初めて、私は彼女のそういう側面を知ったのです。言うなれば『地理三課』を読むことで、初期の詩の美点をそれまで気づいていたより多く見つけることができるのです。この作品は、それより前の詩を照らし返すのです」。

一九九〇年のTLS[*1]でガンは、ビショップの最後の詩集『地理三課』が彼女の詩体系についての彼の見方をいかに変えたかということを、図式化してみせた。彼女の作品についての彼の第一印象は「憂いのある安らぎ」で、「限界があることを考えるとまさに驚嘆に値するパワー」を示しているという。最初の著書の詩は、「まるで色を塗られたばかりで、飾りでいっぱいで、チャーミングで、オリジナリティがあって、そしてちっぽけな遊び道具みたい」だと彼は書いた。彼は彼女の詩のいくつかの「たわごと」に言及した。それから彼は書いた、「彼女の第五番目の著書『地理三課』は、彼女の死の三年前、一九七六年に出た。そしてここで突然すべてが変わった。一番長い三篇の詩は、抑えきれない、比較できない経験を扱っていた。たった十篇の詩であるが、今振り返ってみるとその成果は赫々たるもので、キャリア全体の重点と形を変えてしまうものだった」。

『地理三課』は、ガンが「憂いのある安らぎ」と表現する、散文詩一篇、翻訳一篇と二篇のごく小さな短詩を含んでいた。つまり、実際はたった六篇の詩である——「待合室にて In the Waiting Room」「イングランドのクルーソー Crusoe in England」「大シカ The Moose」「詩 Poem」「一つの技法 One Art」「三月の終わり The End of March」——そして、これら六篇の詩が、ビショップの作品に対するガンの考えを変えさせたのだ。

一九六三年、ロバート・ロウエルは彼女に、「あなたのペースに合わせて減速し、あなたの標準速度に少しでも近づけることになるといいのですが」と書いた。ロウエルは彼のペースを落とさず、ビショップは彼女のペースをさらに落としていった。

こんなペースで書かれた六篇の詩は、それぞれにしばしばくつろいだ風に見えるスタイルを持つ異色の傑作だ。ところがそれはある点までで、やがて、どれほどの緊張と静かな苦痛が詩語に隠され、どれほどたくさんのものが内包され、どれほどのものが除外されたか、これらの詩を書くということがどれほど考え抜かれたものであったかということが明確になるのだ。

最終的にはヴィラネル[*2]となる「一つの技法」と呼ばれる詩の全草稿は、二〇〇六年、アリス・クイン編による、ビショップの詩片と未完成詩を集めた『エドガー・アラン・ポーとジュークボックス *Edgar Allan Poe & The Juke-Box*』[*3]においてよみがえった。この詩は「ものを失う技法 The Art of Losing Things」というタイトルで、一連の散文ノートの形で始まった。最初は、読書用眼鏡、万年筆のような小さなものを失くす、あるいは置き忘れるということから始まり、それから「家二軒」、「半島一つ、島一つ」、「小型の町」、「都市二つ分……世界最大の都市二つ」、さらに「大陸まるごと一つ分」のような大きなものを数えていき、そして最後は、一人の人、愛する人の喪失を述べたのだ。

アイデアはゆっくりと成長して形を成していく。とは言っても、ビショップの多くの詩よりも断然速い。「一つの技法」は数カ月で書き上げられた。それに対してすでに見たように、「大シカ」のような詩は二十五年以上かかっていて、これはさすがのビショップでも特筆すべき長さであった。一九七六年一月、『ニューヨーカー』誌の編集者にビショップは書いた、「貴誌のために書いた詩がもうすぐでき上がります――私の人生で唯一のヴィラネルです。とても悲しい詩です――涙なしには読めず、ぞっとするほどいいできです。お気に入ると嬉しいです」。
この詩の最後の二連は以下のようになっている。

私は二つの都市を失った、素敵な都市を。そしてより大きな
私の領土、二つの川、一つの大陸を。
残念だ、でも、致命的というほどではなかった。

――あなた（冗談を言う声、私の愛するジェスチャー）をなくすことだって
私、はっきり言いますよ。なくす技術というのは
難しすぎて習得できないということはないわ
（ちゃんと書きなさい！）一見致命的に見えるかもしれないけど。

最後の行で、ビショップは懊悩の果てへと自分を追いこんだという印象を与えた。ところが、彼女が実際にやっていることはゲームだ。深奥からの告白と、反語的で留保され拒絶され言葉で表せずにいるもの、書かなくてはと命令調で迫られても書こうとしないこととの間でのゲーム。この詩の最終稿に現れた、彼女が失くしたというもろもろのもの、ドアの鍵から母の腕時計、いくつもの家、愛する人のうちに、彼女が実際にその人生で失くしたものについては何も言っていなかったのだ——彼女が八カ月のとき亡くなった父、五歳のとき亡くなった母、それから、ノヴァ・スコーシャで育てられ、そこから父の家族によって彼女が連れ出された家、そして、ロタ・デ・マセド・ソアレス。そしてヴィラネルという詩形。規則と反復を伴い、個人の悲しみを放出するというよりは経験を包含する、遊びごころに満ちた閉じた詩の形である。イーヴァン・ボーランド[*4]はこう書いた、「実際、エリザベス・ビショップの詩で悲しみを最も解放するものは、最も儀式的なものである。彼女は「セスティナ Sestina」と高名な「一つの技法」において、最も深い喪失感を、二篇の詩という最も複雑な遊びの形に託したのだ」。

彼女の友人たち、フランク・ビダート[*5]とかオクタヴィオ・パス[*6]らは、「一つの技法」は「告白詩」だと信じてこの詩に驚愕したが、ビショップの晩年にハーヴァードで面識のあった批評家ヘレン・ヴェンドラーは、この詩に別のものを見た。「エリザベスには何かとても冷たいものがあった」とヴェンドラーは言った。「彼女は冷たい感じの人だった。彼女がそんな風でありたいと思ってのことではなく、いつでもふいと横を向いてしまうようなところがある人だったという意味で。自分の世界に入りこんでしまえる人という感じがあった。……「一つの技法」には、彼女のそういう面を思い起こさせる何かがあった。ここで彼女はこんなこと［概要］を言っている、「私は失くしたのだ。私は一人きり。誰も引き受けることはできないだろう。私は何にも寄りかかることはできなくなっていくだろう。私は、封じこめられて孤立した子供なのだ」。エリザベスには、冷血な少女としてただ一人きりになれる場所があった。誘い出されても、またそこへ戻ってしまっただろう、彼女自身の孤立へ」。

ビダートやパスにそう見えたように、この詩は告白詩のようでもあるし、また、ヴェンドラーにそう見えたように、個人的なもののようでもあろうが、この詩には遊びのような感覚があるのだ。だから、そんなにも早く容易に、ビショップが言うように

「手紙を書くように」書けたのだ。「一つの技法」はもちろん、愛を失う恐怖についての詩だと読めるだろう。だから、ささやかなものから大きなものまで、すでに失くしてしまったものの羅列は、最終的な喪失への前奏にすぎない。だがそれはまた、語りえないことについての詩とも読める。大きすぎて述べることができない喪失についての詩であり、詩の中というより詩の行間にあるものについての、ビショップが断固として、ほとんどたわむれのように詩から除外したものについての詩であるとも読めるのだ。だから、大惨事のように見えたとしても、数え上げられている失くしたものたちは実はそれほど重大ではありえないものたちなのだ、なぜなら、実際それらは言葉にすることができたのだから。

この詩で語られないことは、四年後、どんなに状況がひどかったかを論じるロバート・ロウエルへの手紙に現れた。この手紙の中で彼女は突然、ほとんど無意識のうちに、公には絶対書けなかったであろうものを、プライベートな書簡においてたった一度だけ、喘ぎとも叫びともつかぬ驚くべき五ビートの詩に吐き出すことで、彼女自身の「一つの技法」にはなかった詩行を創作するという行動に出たのだ。「私は母を失くし、ロタを失くし、そしてそのほかの人々をも失くした」。これらは、彼女を残して死んだ人々、詩から削り去られている人々だ。

　だからと言って「一つの技法」という詩が、排除されているものによって損なわれていて、書簡に書いたことに触れていたら、よりよい詩になっただろうと言っているのではない。もしそれをしていたら、「一つの技法」は詩ではなくなっていたであろう。なぜなら、詩のトーンは遊び心と自己憐憫との間の緊張に依っており、また、正直さというような陳腐なものより、抑制されたものに依っているからである。もし、正直さ、つまりすべてを暴露することが重要であったなら、この詩はビショップの最も記憶されるべき詩の一つとはならず、手紙のようにその場限りのもので終わったことであろう。ビショップは同世代のほかのどの詩人よりも、特にロバート・ロウエルよりも、詩と手紙の違いをよく知っていた。生涯をかけてビショップは、詩のためにこの二つを区別した。ただ一つの例外はおそらく「ミス・マリアン・ムーアを招待する　Invitation to Miss Marianne Moore」[*7]であろう。この詩をトム・ガンは、彼女の詩の中で一番つまらないものと見なしたが、確かにその通りである。

　ビショップのよい詩のトーンを定義づけることは難しい。一九九〇年にガンは、一九五五年上梓の『冷たい春　*A Cold Spring*』の中に入っていた「集魚場にて　At the

Fishhouses」を、一体どうして自分が見過ごしたのだろうと思った。彼は、「海を他者と見ると同時に、重要な抽象概念のような、「知識に似た」何かとして関わっていかなければならないものと見る、この詩の結論の重さ」について書いた。『冷たい春』から二十年を経た『地理三課』で、ビショップの詩語はより穏やかになり、華麗さや奇想も少なくなり、より緻密になった。しかしながら、どうも「集魚場にて」より強いこだわりがある。例えば、「詩 Poem」と題された詩で、大叔父にもらった絵のことを述べている。冠水した牧草地と家畜とガチョウがいるノヴァ・スコーシャの風景画である。彼女はこの小さな絵に描かれた風景についてのこの詩を彼女自身の声、さもなくばほぼ彼女自身のものと思われる声で書いた。

これがノヴァ・スコーシャ、子供時代の風景であり母の家族の風景であった。彼女が最後に母を見た場所、母が収容された後、父の家族によって連れ出された場所だった。そこは休暇を過ごす場所となり、思い出す場所となった。そこを故郷と呼べば、大事なポイントを見逃すことになろう。絵の中に彼女が認めるのは、喪失の地であった。今こそそのときかもしれなかった――ビショップは六十代だった――ついに、何が起こったのかを詩で語ろうとするときだ。

語ろうと試みなかったわけではない。一九四〇年代のもので、彼女の母の若い頃についての詩「望郷　Homesickness」の草稿と同じ素材を使った「望郷　Homesickness」という物語の原稿が遺されている。一九五〇年代初めの詩片の中で彼女は問う、「私が小さかったとき／私をすごく愛してくれた人形たちはどこへ行ったのでしょう」。人形たちの名前の一つはガートルード、彼女の母の名前だ。また一九七〇年代の別の詩の草稿に「そしてすべてがこのように始まった」がある。これは詩人の誕生と彼女の母の狂気を扱っているが、断片的な語句の寄せ集めだ。一九七〇年代から、ロタ・デ・マセド・ソアレスの挽歌のためのメモを書いていた。「あなたは私たちみんなに飽き飽きしているの。そうね、私たちは退屈よ。／／かわいそうな猫たちが私たちの朝ごはんにやって来る／彼らはあなたの部屋のドアのところでためらう。シャムネコがかすかに唸る／彼らは私のベッドに突進して飛び上がる／／大地の匂い、黒く炒ったコーヒー豆の匂い／腐植土のように細かく黒い／／コーヒーはあなたを目覚めさせないコーヒーはあなたを目覚めさせないあな／／コーヒーは」。

当時、彼女の詩「詩」でビショップは、絵の中のまさにその場所、画家も彼女も知っていた「この文字通りの小さなよどみ」と彼女が呼ぶ場所を認めたからには、これをどう扱うのかという問題に直面した。彼女が言うように、彼女のヴィジョンは画家である大叔父のそれと一致していた。だがそうすると、この詩において「ヴィジョン」というのは適切な語かと考えた。結論は否で、「ヴィジョンというのは重すぎる言葉だ」。そこで、「私たちの視点、二つの視点」にしようということになった。彼女は、暗く複雑な一連の感情を説明し、忠実に表現するためのもっと控えめな言葉を探していたのだ。

さて、彼女は非常にゆっくりとこの詩を終わりに近づけていく。言葉では何も言われない、すべては暗示されるだろう。トーンは、無力な夢想、無限の困惑した後悔で満たされることだろう。はっきりとは述べられることはなく、名前も光景も思い出されず、例えば彼女はどう感じているかなどが直接述べられることはない。その代わりに、彼女は詩の中でその絵をもう一度見てそのシーンを思い出し、思い出したものを見た。

生とその記憶はもみくちゃにされ
ぼんやりと、ブリストル紙[*8]の上で

ぼんやりと、でも、細部はなんといきいきして心揺さぶられることか

それからゆっくりとここは喪失の場所なのだと気づく、だが、喪失に名前をつけることはそれをさらに失うことだ、思い出されたこと、経験されたことを失うことになり、裏切ることになる。そこで彼女は、代わりのものとしてガンが言及した憂いに立ち返る。だがこれで安らぎは消え果てた。

——ただで手に入るわずかなもの
生きとし生けるものに与えられた天賦の資質。あまり　ない。
彼らの命と私たちの命と
同じくらいのサイズ

「あまり　ない」。この二つの単語は、ロウエルへの手紙の中で彼女が明確にした分析に耐えられるだろう。「詩において真実を語らずにいることはほとんど不可能だと思います」。そして、冷静に計算されつくされ、用意周到で反駁されえないこの二つ

の語が発せられるや、もう言うことはない、ほとんどない。これ以上の説明は加えず、このシーンに、描写する言葉が差し出すトーン以上のものは求めないことが不可欠なのだとビショップはわかっていた。目にされたもの、あるいは記憶されたもの、あるいは絵に描かれたもの、あるいは連想を誘うもの、扱いづらいものや扱えないものや、あるいはそのどちらでもあるもの、これらのものは、この世界に残された最後のものであるかのように、ただで手に入るわずかなものであるかのように、箇条書きにするよりほかないものたちなのだ。感情はコンマやダッシュにあり、語と語の間の空間にあり、寡黙にあり、沈黙にあり、詩の末尾の歯擦音にある。言葉はそこにたゆたい、止むことがない、いや、簡単には終わらない。

もぐもぐ牛さん
震えるすがすがしいイチハツ、水は
春の奔流に流れ
やがて倒されるのを待つニレの木、ガチョウ。

ビショップの「詩」は、ガンの第三詩集『私の悲しいキャプテンたち *My Sad Captains*』（一九六一）の冒頭の詩であり、彼の最もよく知られている詩の一つである初期の詩「サンタ・マリア・デル・ポポロにて In Santa Maria del Popolo」と興味深くこだまし合う。ガンの詩も絵を見ることについてであったが、それはカラヴァッジョの聖パウロの回心の絵で、ローマのサンタ・マリア・デル・ポポロ聖堂の左手奥にある、脇礼拝堂の一隅にかかっている。[*9] ガンも、絵の中にあるものと、ほとんど絵の一部となっている絵の外にあるものに興味を持った。

ガンの場合、それは影であった。「絵の中の影は／本物の一つの影で充ちている」。この詩は、その絵についてではなく、ビショップの「詩」におけるのと同じく、絵を見る人についてであった。実際に絵の中に見られるものについてであることは論を俟たないが、目は何をし、何がどのように自我に与えられるか――何か他のものを垣間見ること、絵の中の像よりずっとはっきりしない何かを認識すること――についてであった。

ビショップの詩におけるのと同様、ガンの詩で見る者は一人であった。両詩人はともに、目の前にある作品について述べるとき、対象を完全に掌握していた。ビショップは、画家である彼女の大叔父がつけた小さなしるしを面白いと思ったし、あるいはそれに好奇心をそそられただろう。一方ガンは、カラヴァッジョ描くところの、聖パウロの回心の神秘——「高々とさし上げた手」——に畏怖した。ビショップは、基調はアイアンビック・ペンタミターであるが、変化を加えて緩めたり破壊したりまた戻ったりしながら、五ビート行を規則的に使い、普段の会話調に近づけるものを試みた。だがそれは、誰も気づかない程度のものである。

一方ガンは、ときに変化形を用いながら、しばしば微妙ではあるが、規則的で明確なアイアンビック・ペンタミター八行連を用いた。韻はab ab cd cd、明瞭で男性的な韻で、これは当時彼がよく使うスタイルだった。その声は雄弁で、個人的感情を交えない静かなものだった。ガンは、たくましさ、暴力、進化した男性性とでも呼ぶべきものに興味を持っていて、ローマでは、後に「路上生活者により金のために成り行きで絞殺された」人物によって描かれたこのシーンがガンの注意を引いた。『パリス・レビュー』誌のインタビューで彼は自分について言った、「現代におけるヒロイックなものを求めています……そうですね、「私の悲しいキャプテンたち」にたどり着くまでに私も少しは成長しましたね」と。

彼の詩「サンタ・マリア・デル・ポポロにて」で、彼は「啓示を受けることもないままに」そのシーンから目を逸らした。教会内部の影と作品そのものの中の影が、彼を十分に光で照らさなかったからという理由だけではない、サウロがパウロになる、つまり迫害者が聖人になるというのは、簡単に受け入れられる転向ではなかったからだ。それはガンの想像力の体系からいって共感できるものではなかったが、それでもなお彼はヒロイックなもの、英雄的なものの敗北ではなく、その更新としてのパウロの回心には心を引かれ続けた。

ビショップと同じく、彼は今、自分の詩に問題を抱えていた。彼はあの絵について述べた。それで十分だったかもしれない、見る人を少し困惑させたままで触れずにそっとしておきつつ意のままに操る、あるシーンを語りつつそれ以上何も言うことはないという詩の一つにしておく、それで十分だったかもしれない。しかしながら彼は、見る人に、目を逸らすとき突然何かを気づかせるのだ、ちょうどビショップが、ノヴァ・スコーシャの情景が画家だけでなく彼女自身の内にもあると認めて、彼女の詩の声に、もっと絶望的で挑発的で、思慮深く開かれている新しいトーンを探し当てるように強く促すものだったように。「サンタ・マリア・デル・ポポロにて」の最後の連で、ガンが振り向くと人々が教会で祈っていた。

ほとんどは年取った女性たちだった。小さなこぶしの中に閉じこめられた頭が精一杯の慰めを握っている。

突然彼は、無力なもの、弱いもの、懇願するものについて書いていたのだ。「私は考えるのです」、彼は『パリス・レビュー』誌に語った、「別の種類の人生を認めているのです……「サンタ・マリア・デル・ポポロにて」で私は、英雄的行為についてもですが、年老いた女性たちについても語っているのです」。権力と壮麗さを凝視してきた目は、今、優しくなった。観察を続けるガンは次行でミーターを変え、ヒロイックなものから無防備なものへ移るにつれ、弱強格から強強格へと変化して、彼が発したかった二つの語――それは彼にとって新しい語だったが――に強勢をおくことに成功した。彼は衝撃を受け、ダマスカスへの道の影と神秘的なイメージから目をそむけて無力なものの世界へ向き直り哀れんだのだ。ちょうどビショップが、子供時代の風景とその喪失が彼女にとってどういう意味をもつか、以前よりもはっきりさせる方向へと近づいたことと呼応する。ガンは書いた、「彼らの腕は哀れにも疲労困憊、これで精一杯（Their poor arms are too tired for more than this.）」。

ここで私たちは、this と韻を踏む最後の語が出てくるのを待つ。その言葉は、詩のエンディングに向けて配置されていた。トマス・ワイアット[*10]は「かつて私を探した彼らは私から逃げる They flee from me that sometime did me seek」で this を kiss と押韻させた。ソネット三五でシェイクスピアは、this と amiss を押韻させ、ソネット七二では is と押韻させた。ベン・ジョンソンは、this を is と kiss 両方と押韻させた。「冷たい天国 The Cold Heaven」でイエイツは、this を ice と押韻もしくは半押韻させた。これらの押韻は、それぞれ確実なこと、決定的なことの響きたるものを差し出した。ビショップが彼女の詩で気づいていたように、ガンも、彼の詩のエンディングが、未確定で未知で、そして自由であることに気づいていた。単一の凝り固まった語ではありえない。

ところで一方彼は、最終行から四行前にある、can の押韻が必要だったが、これは詩最終行から一行前の man でやすやすと韻を踏んでみせる。

こうして、詩の終わりは次のようになろう。

彼らの腕は哀れにも疲労困憊、これで精一杯
——疲労困憊、孤独な男の大きな身振りをするには

Their poor arms are too tired for more than this
— For the large gesture of solitary man

そしてガンは、最終行でthisとの押韻語を弱い音にして、ちょうどビショップがしたように、確信の響きではなくため息のようなもので詩が終わりになることを強調する必要があった。彼は書いた。

抱擁することで、無であることに、抵抗する。

Resisting, by embracing, nothingness.

ここで nothingness はその一部である nothing という単純な語そのものであり、nothing の抽象名詞であり、哲学用語としてうんざりするほど長い時間を経るうちに衰えてクリシェと成りさがったものをガンが詩の言葉として生き返らせたのだと私は読む、いや、そのように読みたい。(ガンは、早くからサルトルに傾倒している[*11]ことをいくつかのインタビューで明らかにしている)。nothingness (無であること)。第一音節では強勢、最後の二音節では歯擦音として消えていくという、消滅へと向かうその降下は、その響きをもってビショップの使うコンマや「詩」の最終行の二語と接近する——意味の上では明らかに別個だが——。the yet-to-be-dismantled elms (やがて倒されるのを待つニレの木)、それからコンマ(強調された「と(and)」を無言で内包する)、そして最後の二語 the geese (ガチョウ)。妙なことだが、この二篇の詩の始まりにおいて強い力で制御していた観察者たちも、理解しきれない何物かによってその力を弱められてしまうようだ。素材を自在に扱っていたのが、突然ねじれて、素材の神秘性へと取りこまれ、自身の力を失っていった。最後に足どりが弱まっていくなか、韻律の歩格がその神秘性を響き返す。

ビショップがガンの「サンタ・マリア・デル・ポポロにて」を読んだかどうかはた

いして問題ではないし、私は彼女がそれに「影響を受けた」とは言いたくない。彼女とガンはほとんど同じ素材を使い、そのトーンや言い回しや韻律の音色を通して、似たような性質をもつ似たようなもの——孤独な自我、絵を観ること、裂け目、そして不可解でどっちつかずで、この上なく素晴らしい悟り——を扱う方法を見出したのだろう。二人ともが、しげしげと眺め回し把握したはずのものによってあっけなく打ちのめされつつ、詩人として、そして人として、確信もないまま不安のうちに編み出した自分を守る方法を、この二篇の詩によって形づくったのである。そのようにして彼らは理解しかかっていたことよりも、もっと大切なことを認識したのだ。そしてさらに、私たちが純粋な詩と呼ぶべきものの常として、結局は彼らの手からするりと抜け落ちてしまったように思われるのである。

注

＊1　ＴＬＳ――イギリスの文芸週刊誌。「The Times Literary Supplement」の略。一九〇二年に創刊され、英語圏では代表的な書評紙。

＊2　ヴィラネル――詩の形の一種。三行の連が五つと四行の連が一つ、計一九行から成り、二つの押韻を持つ。

＊3　『エドガー・アラン・ポーとジュークボックス　*Edgar Allan Poe & The Juke-Box*』――ファーラ・ストラウス&ジロー社刊、二〇〇七年。

＊4　イーヴァン・ボーランド――アイルランドの女性詩人。一九四四―。

＊5　フランク・ビダート――アメリカの詩人。一九三九―。全米図書賞、ピューリッツァ賞などを受賞。

＊6　オクタビオ・パス――メキシコの詩人、評論家。一九一四―一九九八。ノーベル文学賞など受賞。

＊7　「ミス・マリアン・ムーアを招待する　Invitation to Miss Marianne Moore」――『詩集　北と南・冷たい春』所収。

＊8　ブリストル紙――水彩画などに使われる厚手の用紙。

＊9　カラヴァッジョの聖パウロの回心――カラヴァッジョは一六世紀末から一七世紀に生きたイタリアの画家。彼の作品「聖パウロの回心」は、キリスト教弾圧者であったサウロがダマスクスへ向かう途中、天から射す光に照らされキリストの声を聞いた場面を描いたもの。これをきっかけにサウロは使徒パウロとなる。カラヴァッジョは、三十八歳のとき路上で暴徒に殺されたと言われることも多いが諸説ある。

＊10　トマス・ワイアット――英国の詩人。一五〇三―一五四二。「かつて私を探した彼らは私から逃げる」は彼の最も有名な作品のひとつ。

＊11　サルトルに傾倒している――サルトルの代表的な著書の一つ『存在と無』は、英語では Being and Nothingness と訳される。

芸術ってその程度のもの

トム・ガンはかつて、エリザベス・ビショップが彼に、ロバート・ロウエルは彼女の一番の親友だと語ったと記したことがある。何年か後にロウエルに会ったガンがビショップのことを言うと、ロウエルが「ええ、彼女は僕の第一の親友ですよ」と言ったとうれしそうに紹介している。不思議なのは、あるいはおそらくだからこそ彼らの友情は持続したのだと言えるのだが、ロウエルとビショップは実際にはほとんど会うことはなかったということだ。ビショップは一九五二年からブラジルに住み、アメリカの東海岸——ここに彼女は一九七〇年から一九七九年に亡くなるまで住んだ——へ戻ったが、ロウエルは一九七七年に亡くなるまで主にイングランドにいた。お互いに詩を送り合い、ロウエルはビショップが賞を取る助けをし、出版社との交渉を手伝った。彼らは手紙を交換し合った。一九四七年ニューヨークで初めて会ってからロウエルの死まで、彼らは、ロウエルが書いているように「ぴんと張ったワイヤーのようなもので繋がれていて、どちらか一方が動くと、もう一方は別の方向に動くのだ」。一方、一九六三年、彼は彼女への手紙でこんなふうにも書いた。「私はただあなたのために書かねばならないと思う」。彼女は彼の最も熱烈な読者になった。一九六四年、彼女は彼に書いた。「実を言うと、あなたは私が強い興味を持つ唯一の詩人ではないかと思うのです」。

緊密な友情にもかかわらず、簡単には言えないことがいろいろあったということは注目に値する。例えば、一九五〇年にロウエルが、父親が亡くなったことを彼女への手紙に書いたとき、ビショップがその死に言及する返事を出したという形跡はない。一九五四年、彼の母親の死後に書かれた彼女の長い手紙はこう始まる。「あなたから音信あり、嬉しい限りです！——ほっとしました。自分がそれほど心配しているということもわかっていなかったのだと思います。耳には入っていたのですけれど……あなたのお母さんの死のことは、手紙を書かねばとは思っていたのですが、何と書いたらいいのかわからなくて、今もその気持ちは同じですが」。ニュースや些細なことをいっぱい書いた手紙の中で、彼の母親の死について彼女はほかに何も書かなかった。

彼らが交わした手紙の中には、一九五七年にビショップが詩の草稿（後に「エリザベス・ビショップその二、メイン州カスティーンにて For Elizabeth Bishop 2: Castine, Maine」となったもの）を読んだときの、彼女の母親が彼女を殺そうとしたことに触れたロウエルの手紙などとても面白いものがある。「直接的な恐れといったものは覚えていません」、ビショップは書いた、「よくある程度以上のものは。私にとっての彼女の危険性は、彼女の失踪の前後にふと耳にした大人たちの言葉にありましたね。可哀想な人、それ以上悪くならないといいのだけど、と」。翌年彼が神経衰弱になって彼女の母親が入っていたのと同じ病院に収容されたことを知ったとき、彼女はおそらく大変ショックを受けたことだろう。「私の母はかつてとても長い間そこで過ごしました」と彼女は彼に書いた。「そこの池のあたりを散歩する、一九一七年頃のとてもシックな装いの母のスナップ写真も私は持っています」。

一九五八年にロウエルが自伝的とも告白的とも言える詩を含む『人生研究 *Life Studies*』を出したとき、ビショップは慎重だった。彼が彼女に宣伝文句を書いてくれるよう頼んだとき、彼女はこの本の個人的な部分について書き、巧みな支持の言葉を書いた。「胸張り裂け、ショッキングで、グロテスクで、優しい、まさに容赦のない攻撃。イメジャリーと構成はいつもながら見事だが、ムードはノスタルジックで、ビートは洗練されている」。彼女はこう結論した。「かつてないほど最悪な世紀の真っただ中で、どうにかこうにかやっと一人の素晴らしい詩人が生まれたのだ」。告白詩は「すべてあなた自身のことについてですが、とは言うものの、独りよがりには聞こえない」という点が好きだと彼女はロウエルに書いた。一九六〇年、アン・セクストン[*1]のきわめて個人的な詩（よくロウエルの詩と比較された）を読んだとき、彼女はロウエルにこう書いた。「あの種の単純さと『人生研究』のそれとはまったく違います。彼女の自己中心性はただそれだけですが、あなたのは――崇高化の反対のようなことでしょうか――とにかく、非常に興味深く、苦しくもギリギリのところで、どんな読者にでもあてはまるのです」。

翌年彼女は、W・D・スノッドグラス[*2]の個人的な詩について不平を述べた手紙をロウエルに送ったが、その中で彼女はスノッドグラスを「あなたの模倣者としてはましな方」と呼び、こう言った。「あなたはものごとを語っているのです――独善的な仕草では決して終わらない。……『人生研究』をもう一度隅から隅まで見直してみたのですが、そういうものは全然ありません、本当に「力強い」詩です、勇気があり、正直です」。一九七四年、現代詩に見られる告白的なもの、明らかに個人的なものを詩が取り上げる傾向についての不満を彼女はロウエルに書いた。「『人生研究』とアン・セクストンもどきの人たちの作品では雲泥の差があります」。一九七四年、ロウエルはビショップに書いた。「ところで、告白詩というのは聴衆の前で読むのをためらう詩ではないでしょうか。私はたくさん告白詩（申し分なく大変にいいものです）を書いていますが、最近のものでそういうのは一つもない。あなたの詩には全然ないです」。

ロバート・ロウエルは、一九四八年の夏、メイン州の海岸でエリザベス・ビショップと一緒にいたことを「水 Water」に書き、一九六四年出版の彼の本『北軍死者たちのために *For the Union Dead*』の巻頭に置いた。一九六二年三月、彼はビショップにこの詩の草稿を送り、こう言い添えた。「私たちの間ではすべてが明るく輝いていましたから、詩のほうはすべて実際よりももっと夢想的だし薄暗い感じでした。本当に、すべてはあなたの手紙について考えることから始まったのです、あなたが私にとってかけがえのない存在であり、私たちはすべてを理想的に保ってきたということ、人生においてこれ以上ないというほどに」。これに答えてビショップは、ロウエルの詩の最初の行「本物のメインの漁師町だった」と、彼の詩行「魚が釣り上げられたところ」の正確さについて尋ねた。「小さな質問が二つあります」と彼女は書いた、「でも、いつものように、私のジョージ・ワシントン癖と関係ありです。芸術でも私は嘘がつけないのだということらしいです。私に事実を曲げさせようとすれば、ものすごい努力あるいは揺さぶりを必要とします。あれはロブスター町ではありませんか、それからずっと後のほうについてですが――仕掛けあるいは釣り餌が仕掛けられているところ――ではありませんか（これは些細なことです、わかっています。マリアン［・ムーア］のように、私は、真実を言っていないときに実は本音が出ているのかもしれません）……「海は岩を浸した」は単純そのものですが完璧ですね」。

ロウエルは答えた。「あなたのアドバイスのおかげで「水」はぐっとよくなるかもしれません」。詩は最終的にはこうなった。

メイン州のロブスター町――
毎朝船に乗りこんだ人夫たちが
御影石の石切り場へと
島を目指す

岩の丘に
カキの殻のように
しがみついている陰鬱な
白い家を出た

そして私たちの眼下
餌魚が閉じこめられた
生煮えのちっぽけなマッチ棒みたいな
梁(やな)に波がひたひた打ち寄せる

六年後ビショップはロウエルに、シカゴ美術館からウィンスロー・ホーマーの「マーブルヘッド　Marblehead」の絵葉書を送った。海岸の岩の上で話している二人の人の絵だった。「ここにあるあらゆる傑作の中から」と彼女は書いた、「これを選んで送ります、理由は言うまでもありません」。

この詩を書く五年前、ロウエルはビショップに、メイン州のその頃のことについて長い、いささか躁病者めいた手紙を書いた。一日の泳ぎが終わって、彼は思い出したのだった。

冗談めかしてあなたは言ったけど、あれは本気でしたよね、「あなたが私の墓碑銘を書くときは、私はこの地上にかつて生きた人間の中で最も孤独な人間だったと入れてくださいね」と。あなたは多分忘れているかもしれませんね……でもあのとき……（大げさには言いたくありませんが）私たちの関係は新しい次元にたどり着いたようだったと思うのです。もう少しで私はあなたにプロポーズするところだった、そして私はあなたがプロポーズを受け入れると半ば信じていました……そして、私がキー・ウェストであなたと合流しようとしていたとき、プロポーズしようと決意していました。……人生で選択可能なことは限られています、全然ないこともしばしば……。でも、あなたにプロポーズするというのは、私にはあり得た選択、とても大切な転機、手に入れることもあり得たもう一方の人生。

返信の中で、ビショップはこれについては何も言わなかった。

一九七四年、彼らのつき合いがほとんど三十年以上になった頃だが、ロウエルは彼女に書いた。「どちらもランダル［・ジャレル］の家でしたが、私たちが初めて会ったとき、その二年後にまた会ったときのことを思い出します。あなたはとても背が高くて、長い褐色の髪で、シャイで。……私は褐色の髪で、三十だったと思う、それだけのことだけど」。ビショップの返答は、彼に精確さとディテールにまつわるもっと鋭い感性を要求するものだった。「決して決して、私は「背が高い」ということがあったことは一度もないです――私を思い出してそう言っておられるけど。私はいつも五フィート四と四分の一インチでした――今は縮んで五フィート四インチですけど――私が背が高いと感じたのは唯一ブラジルにいたときでした。それに、私は「長い褐色の髪の毛」だったことなんてありません！――二十三か二十四のときに白髪が生え始めました――だからおそらく、私があなたに初めて会ったときにはすでに白髪まじりだったはず。……あなたに会ったあのときのことで私が覚えているのは、あなたのだらしない恰好、ステキな巻き毛。……あなたはかなり汚くて、私それも好きだったわ。……自叙伝を書かなくちゃね、ものごとをきちんとしておくために」。

彼らが初めて出会ったときのことを思い出して書いた手紙で、ロウエルは水のイメージのことに戻り、それについて書いた。「でも事実として、若い頃に私たちは一緒に泳いだし、大波が覆いかぶさってきて水をしこたま飲んだのです」。一九五三年にロウエルがビショップに指摘したように、彼らは働かなくても食べていけたという点で、詩人として、とりわけ生活者として特別だった。彼らは二人とも、生活できるだけの信託預金を持っていた。また、二人とも一人っ子だった。

ロウエルの『人生研究』の最後の詩「スカンクの時間　Skunk Hour」はビショップに捧げられたもので、ロウエルが彼女についての詩をたくさん捨てていた期間に書かれた作品である。この詩を書いていたときにビショップに送った手紙に、この詩は「少しあなたのアルマジロに負っていた」と彼は書いた。だが後ほど彼は公に「ビショップの詩「アルマジロ　The Armadillo」の形式を模写しようとした」と述べた。「双方にあるのはゆっくり歩くような構造、短い連、そして極めつけは詩の結びと題名に通じるような、自然だけれど緊張感のあるイメージだ」。しかしながら、デイヴィッド・カルストーンが指摘したように、この詩はビショップと彼女の作品への単純なオマージュではなく、彼女のトーンを使用した上でそこから離れる手段、最大限接近しながらそれと同じくらい自分を彼女から引き離す手段だったのだ。

ビショップの作品では、単なる描写と見えるものにたくさんのことがほのめかされていた。描写することは、自己を描写することを回避するための死に物狂いの手段であった。世界を見ることとは、目を自我から外へ逸らすことだった。ビショップの詩にある自我は、あまりにもかすかで過剰な描写には耐えられなかったのだ。音楽において沈黙が持つのと同じなまなましさをもって、自我はそこにゆっくりと出現した。まるでその光景も彼女自身も間もなく消え失せてしまうかのように、強烈な精確さで観察することによってビショップは詩のトーンになんとか揺さぶりをかけたのだ。彼女の最上の詩には、真に個人的なものの感じはほとんどないし、単一の意味というのもない。世界がそこにあるという事実は、ビショップにとって十分でもあり、あまりにも少なすぎた。その来歴は——あるいは、彼女自身の来歴は——たいした問題ではなかった。ロウエルを褒めようとして彼女は、彼女が称賛していた作曲家と画家、沈黙、空白、ミニマル的手法を使用したアントン・ヴェーベルンとパウル・クレーについて述べた。彼らの「慎み、配慮、「空間」、決然たる無力感」について彼女は書いた。彼女の詩「アルマジロ」は次のように始まった。

ほぼ毎晩
ちゃちな違法熱気球が
現れるとき
山の高みに上っていく

このあたりで今なお崇拝されている
聖人に向かって
紙の部屋が、心臓のように
点滅する灯りに満つ

ビショップがしているのは、何か動くもの、アルマジロを見つけ、詩の中で反響させては突き崩していく秘術なのだとロウエルは見ていた。それは、すべてを明らかにしないからこそ迫力を持つという驚くべき務めと役割を果たすやり方だ。詩の中でビショップは、彼女自身の無力さについてたっぷりとほのめかしたかもしれない、しかし彼女はまた、そういうほのめかしは当然のこととされ、読む人によって十分理解され感じ取られるのだということを示唆しおおせたのだ。ロウエルにとっては、そういうほのめかしこそ広義においてまさに唯一詩が所有すべきだと望んだものだったのだ。彼は別のコンテキストで、彼自身の言葉で、叫びを打ち鳴らしたかった。長い五ビートの詩に対して短かい三ビートの詩を用いることによって、ビショップの詩のトーンでどれだけのことをなしうるか、彼は見て取った。彼は、長・短・長の形式を採用して、彼の詩の最後の連にこの上ない効果を上げた。

裏階段の一番上に立って
豊潤な空気を吸いこむ——
スカンクの母親が一列縦隊の子供たちとゴミ箱をあさっている。
サワー・クリームのカップに楔形の
頭をつっこむ彼女、ダチョウ尻尾はだらりん
肝っ玉母さん。

「スカンクの時間」でロウエルは、『人生研究』の初めの方でもっとはっきり、おそらくはもっと淡々と述べていた個人的な苦難を十分に取りこめるような、ゆるく、示唆的で、曖昧なメタファー群を発見したのだ。それらメタファー群は、彼のほかのいわゆる告白詩よりも鋭く磨きがかけられ、世界における彼の場というものをあますところなく劇化するのにふさわしいものであった。それは、デイヴィッド・カルストーンが書いたように「傷つけられてきた来歴と内的抑圧という自分の人生を形づくってきたものの探究という彼の真の主題へと」彼を後押しするものだった。この主題の彼の劇化は、一九六七年の『海辺にて *Near the Ocean*』中の「日曜日早朝の目覚め Waking Early Sunday Morning」「メイン州の独立記念日 The Fourth of July in Maine」「海辺にて Near the Ocean」のようないくつかの風格のある詩において頂点に達した。

『人生研究』のほかの詩「デブロー・ウィンスローおじさんとの最後の午後 My Last Afternoon with Uncle Devereux Winslow」のような、ロウエルが偉大な家族のメンバーを名士であるかのような名前で呼ぶ詩に対するビショップの反応は、曖昧と言うべきであろう。「私は告白せねばなりません」と彼女は書いた、「あなたの持っているような確信は妬ましくて仕方がありません。まあ、私も同じくらい詳細にアーティ叔父のことを描けるかとは思うのです——でも重要性となるとどうなのでしょうか。そんなものは何もありませんよ。彼は、飲んだくれになり、奥さんと喧嘩し、いつも釣りばかりしていた……そしてもうただ無知のかたまり。……一方あなたはただ名前を書き連ねるだけ！　重要だ、実証的だ、アメリカ的だ云々といったふうな事実なんですよね、書いても喋ってもどんなアイディアやテーマにもまじめに取り組んでいるというあなたが誇示する自信を与えているのは」。

自信を持っていないことがビショップに自身の力を与えたのだ。「何者でもない」という考えに彼女は生涯魅入られ続けた。ロウエルが彼の立派な先祖たちの名前を書き連ねたときに、彼女が素晴らしいですねと書いたことは、彼とうまくやるための方便の一つだった。(ビショップの祖父の会社は、ボストン美術館とボストン公立図書館を建造した)。手紙は別だ。彼女が嘘をつけないのは詩の中だけだということを覚えておくといいだろう。正直で真実であろうとしている手紙でも、真実を詩で語るという苛酷な仕事からの解放の形として読むべきである。

ロウエルもビショップも酒を飲んだ、そして、飲むことと二日酔いの詩を書いた。

一九六〇年二月に彼女が彼に書いた手紙はこうだ、「「酒飲み The Drinker」という詩を送ってください——私の詩で「酔っぱらい The Drunkard」というソネットのようなものがあるのですが、いいものかどうかわからないです」。彼女は四月にまた書いた。「ええ、あなたの酔っぱらいの詩はすごいものになると思います！ それで、自分の詩をもう一度見返すことになりました——私のはもっと個人的で、それでいてより抽象的かと思います」。一九六〇年七月、彼女が彼に送った手紙に、ロウエルは彼の詩「酒飲み」を送ってくれたに違いないのだが、自分がこの詩に論評を加えたことはなかったと思うと書いた。『PR［『パルチザン・レビュー』］』誌の［詩］はもっとひどいと思います。……卒倒しちゃうところは「さびた金属すら」……終わりの警官のところは素晴らしいですよ、もちろん——こんな開放感はこの詩だけ、それとバーボン一本だけが醸し出せるものですね」。（ロウエルは、「ひどい」とか「卒倒しちゃう」という語がビショップから発せられた場合、それが賛美の言葉であることを理解したであろう）。

「酒飲み」は、次のようなイメージで終わった。

通りを
パカパカ四月の雨の中、馬上の警官二人がパカパカ
駐車メーター違反をチェック——
レンギョウみたいに黄色い彼らのレインコート

ビショップはこの詩が気に入って、気楽に間違いを正した。「料理する者として言いますが」と彼女はつけ加えた、「発酵牛乳とジャンケット[*3]は違います。ですが、この図はぴったりです」（ロウエルはこう答えた。「ジャンケットはジョークです、牛乳は酸化するとクラバーになるのだということは知っています」。）

さて、彼の詩を修正してしまうと彼女は彼と競争し始めた——彼らの往復書簡は品はよいけれどいささか獰猛で、生涯にわたる風変わりで無邪気な競り合いによっていきいきし続けてきたのだと思わずにいられない。「トタンのバケツのことを書いた詩があります——これはキー・ウェストで書き始めたものです——私は、「死んだ金属」という言葉まで使いました、あらまあ——でも、私の「酔っぱらい」とはなんの関係もありません」。彼女にはこれより早い時期に「放蕩息子　The Prodigal」という

飲んだくれについての詩があり（これには、ロウエルの「エドワーズ氏とクモ Mr. Edwards and the Spider」のこだまとなっている詩行があった）、彼女がここで言っている詩は未完成のままだったが、彼女は一九七〇年代に入ってからもそれに取り組んでいたようだ。それは一篇の詩、というか一篇の詩のできの悪い草稿で、子供時代のあるシーンを劇化しながら、彼女の母親のことについて語っている。詩のエンディングは、こうだ。

でも、あの日、あの夜以来、あの叱責以来
私は異常な渇きを覚えるようになった——
ウソじゃないよ——二十か二十一までには
酒を覚えてね、
飲むわ飲むわ——底なしの呑兵衛さ
そしてね、見ての通り今も
しこたま酔っぱらってる……

だからね、今言ってることも全部嘘かも……

ロウエルへ送った手紙でビショップは、大体において彼の詩を褒めており、中には絶賛している詩もいくつかあるが、二人の友情を壊さないよう気をつけていながら、これはどうもいただけないとかこれは嫌いだということもはっきりさせた。これは『人生研究』のときだけではなく、彼女に捧げられている、いくつかの翻訳と詩編などを集めた一九六一年の『模倣 *Imitations*』を見たときもそうであった。しかしながら、手稿を受け取ったとき彼女はそつなく対応し、すぐに電報を打った。「素晴らしい翻訳です。立派です。うれしい限りです」。

ロウエルは、「疑問の点があれば忌憚なくどうぞ」と彼女に言ったが、本心からだったかどうかは疑わしい。とにかく彼女は、二カ月待ってから彼に仔細な手紙を出した。「また」とデイヴィッド・カルストーンは『詩人になる *Becoming a Poet*』に書いた、「彼への彼女の調子はまぜこぜで、混乱しているとさえ言える――ときに賛同しときに反発する、そしてそういう自分の手厳しい反発に困惑している」。

彼女の手紙は、「ファイドラ Phaedra」[*4]の翻訳を彼女とロタがどんなにエンジョイしたかというところから始まった。「驚くほど自然な訳に見えます……純正です——本当のクラシックです。本物の悲劇というのは、心を変化へ解き放つものではないでしょうか。私は前にもあなたに言ったことがあると思いますけどね、もちろん。とにかく私には力作に思えます。よい結果になることを願っています」。手紙はしばらくこの調子で続き、やがて、これが自分に捧げられていることに対して「涙が出ました」とまず述べてから、『模倣』についての見解に入った。この詩集がどのように受け止められるかについて心配していると書いた。「あなたは今や注目の星……ですから、誤解を招く恐れのあるものを発表すれば、馬鹿な嫉妬に満ちた論争とか批評がたくさん出てくることになるかもしれませんね、あなたなら簡単にかわせるとは思いますが」。彼女はおもむろに、彼がこの翻訳をかなり自由にやったことには触れず、ロウエルのフランス語のミスと思われるものを訂正し始めたのだ。彼女は、いくつかの同じ詩をかつて自身も翻訳したことがあったと述べた。例えば、ランボーの「グリーン・キャバレーにて At the Green Cabaret」の最終行にある un rayon de soleil arriere をロウエルは「背後の」太陽光線としているが、これは、「日没前の光」であろうと書いた。ロウエルは彼女の訂正を受け入れた。また tartines をロウエルは「ラズベリータルト」としているが、これはフランスの学校で生徒たちに与えられるバターつきパンのことだと彼女は書いた。彼は「ラズベリータルト」をフランス語の「タルティーヌ」に置き換えた。

ロウエルがとりわけ鈍感でなければ——彼はそうではなかった——彼女の手紙は読むに堪えないものだったろう。一方、他人のフランス語を訂正することほど愉快なことはないので、ビショップには純粋に喜びだったに違いない。(「もう誰もかれもやっつけたので」と、スタンリー・クニッツ[*5]、リチャード・ウィルバー[*6]を批評した後でビショップは、「すごく元気が出ました」と一九五九年ロウエルに書いた)。「もしお望みなら」と彼女は続けた、「ランボー翻訳について私の過去の経験で、役に立つことがあれば喜んでお話ししますよ(お望みでなければもちろんやりません)。(私はかつて一カ月間ブルターニュで一人きりでそれだけをしていたんです)。あなたは、ランボーの恐怖を取り上げるのが早すぎて、彼のジョークをなんだか台なしにしたり、彼の一番おもしろいところを逃してしまっているように思われるのですが……。私はただ、あなたが愚かで嫉妬深い誤解に自分をさらすことのないようにしてもらいたいのです」。

翌朝、ビショップは再びこの問題を取り上げ、ロウエルにまた手紙を書いた。まるで前日彼に手紙など書かなかったかのようであった。「私、とうとう決心したのです」、そう彼女は書き出した、「とても難しいことをやってみると。……私はあのフランス語の訳についてとても心配しているのです、特にランボーの詩。……ランボーとボードレールの詩は人口に膾炙しているので、不注意だ、無知だ、あるいはわざとねじ曲げたといった非難にあなたが身をさらすなどということがないように祈ります」。それから彼女は（「私がフランス語二Aクラスの先生みたいに聞こえるのを許してくださったら、例をいくつか出しましょう」と）続けて、前に出した彼のフランス語の誤訳例を繰り返し、誤訳をいくつか新しくつけ加えたのである。

『模倣』の序でロウエルは、「この本には素材とは別のものとして独立している部分がある」こと、そして、彼は「かなり自由な翻訳をしました」が、「そのトーンを自分のものとすることに腐心した」ことを強調した。ビショップは、彼のフランス語の理解力を問わなかったときは、これらの模倣のトーンそのものを問うたのであった。ある一篇の詩については、原詩では「あなたの訳よりずっと気楽な感じで……詩人の意図をどれだけ「自由に」操作していいかということを決めることはできません……

それにもちろん、決定するのはあなたですから、とにかく（ありがたいことに！）」と書いた。

二番目の手紙で彼女は、ロウエルはT・S・エリオットに相談すべきだと示唆した。「こう書きながら私は、恐ろしい危険を冒していると感じています、苦しいです。あなたにはなんらかの手を打つ時間があるのですから、もっと学識があり、そして私などよりもっと「世間を知る」人に相談すべきだと思うのです」。この本をロンドンで出版する予定だったエリオットも、この議論に巻きこまれた。彼は、『模倣』はいいタイトルであり、もしロウエルが「サブタイトルに訳という語を入れたら、誤訳と思えるものを探そうと待ち構えているうるさい批評家たち全員を引きつけること間違いなし」だと同意した。エリオットは、彼は全体としてはこの本を楽しんだと言ったが、難癖めいたものもつけ加えた。「英語の old boys はフランス語の vieux garçon と同じではない。イギリスで old boys はパブリックスクールの同窓生のことだから全然違う。私は gay old dogs をお勧めしますね」。

ロウエルはエリオットの示唆を受け入れた。また、ボードレールの「召使い La Servante」の彼の訳で最初の行にある large heart（大きな心臓）をエリオットが「large heart は単なる解剖学的不幸に過ぎない」と素っ気なく指摘したので、great heart（広い心）に直した。

ビショップの手紙二通に、ロウエルが六月二十七日までに返事をしたという記録はない——送られてから四ヵ月、彼らの書簡のやりとりにおいては例外的に長い空白期間だ。しかし、これをロウエルが怒っていたと取るのは間違いだろう。そうではなく（それもあったかもしれないが）、彼は神経衰弱になっていたのだ。彼はこう書いた。「もう大丈夫です。四月には治っていまして、四月からずっとあなたに手紙を書こうと思っていたのですが、個人的なことがらをいろいろ言うのはどうも気が引けるものですから……五週間かそこら入院していました。いつもよりはハイでもなく、寓話の世界でもなく、病気はだんだんよくなりました。また女の子がいて……また、故郷に残してきた大いなる灰色と残骸があるのです」。彼はそれから彼の本『模倣』の話題に戻った、「私の本はもっとずっと大きなものです。……（あなたの示唆は全部受け入れました）……。すべてがすごくいいのであなたに捧げます。喜んでくれればいいのですが」。

『人生研究』と『模倣』についてビショップが書いた手紙には引いていく波がある。

つまり彼女が自分の中に閉じこもっている感じだ。『人生研究』を褒めたとき使った「正しさが間違いであろうとも」という表現は単なるまやかしではなく、彼の翻訳が緊張感を欠いているという全体的な評価であり、自分や自分の家族についてあまりにもあからさまに書くロウエルに対し大きな不安をもっているということだ。しかしながら彼女は口にしなかった、そして口にしないことは、彼女の特技の一つだった。だが一九七二年、ロウエルの『イルカ *The Dolphin*』に収録される予定の詩の草稿、これには何年も連れ添った妻エリザベス・ハードウィックが、ロウエルが彼女を捨てて小説家キャロライン・ブラックウッドのもとへ去った後にロウエルへ宛てた苦しい手紙から作られたソネットがあり、これを読んだときとうとう彼女は黙っていられなかった。

ロウエルのソネットの何篇かでは、ハードウィックの手紙は引用符で括られている。「愛してるわ、あなた、暗い暗い空虚／夜のように真っ暗、あなたがいなければ」、「今朝私／手紙を受け取りました、あなたが土曜日に私に宛てて書いた手紙／私の心臓は数えきれないほど張り裂けた」。

ビショップは、長い手紙の初めで「素晴らしい詩だと思います……読むや否や深く感動します」と強調した。その上で彼女は、トマス・ハーディから引用して続けた。「これだけは絶対にしてはならないこと、それは、許可なく事実とフィクションをはっきりさせないままにまぜこぜにすることです。これをすると、大きな害悪を及ぼすでしょう」。

彼女は続けた、「私はわかり切ったことを言っているわけですが……リジーはまだ存命中なのだとか——でも、「事実とフィクションの混淆」は起こっています。それに、あなたは彼女の手紙に手を加えました。それは、「大きな害悪」だと思います。……でも、芸術ってその程度のもの。……一般的に言って、私は「告白詩」を嘆かわしく思います——けれどあなたが『人生研究』を書いたときは、それが必要な行動だったのでしょう。そうだったから、リアルでフレッシュで単刀直入なものになったのです。しかし今は——なんてことでしょう——なんでもありの時代、学生の父親や母親、性生活などなどについての詩なんかはうんざりですし」。

のちに彼女は、ロウエルにキェルケゴールからの引用を送ったが、それは、生の終わりに近づく二詩人の、手法の違いを端的に示しているように思われた。「繊細さの法則、それに沿って作者は自分自身が経験したことを使用する権利を有するのであるが、真実を決して暴露しない、真実は自分のものとしておき、いろいろな方法でそれを屈折させるという法則でもある」。そして彼女はつけ加えた、あたかも彼女が言ったすべてのことから差し障りのある部分を取り除こうというかのように、「でもあなたのしたことはまさにそういうことだったかもしれませんね」と。だが、それは本心ではなかった可能性もある。

この手紙の結果として、ロウエルはこの本に改変を加えた、もっとも、詩の先ほど引用した部分についてはそのままだったが。フランク・ビダートは、この本への注でこう書いた。「ロウエルは、抜本的にこの本を改めるということで答えを出した。ハードウィックの声が語るいくつかの詩は、直接引用をやめ、イタリックにすることで、詩の苦しみと怒りをやわらげた」。ロウエルは、ビショップの手紙についてビダートに書いた。「エリザベスの手紙を読み、長いこと考えました。たいへん優れた批評文と言うべきものです。さらけだすことについての彼女の過度のパラノイア（お願いですから言わないで）のせいで狂気に近づいていますが。ほとんどの人が彼女と同じ疑問を感じるでしょう。……結局この本は相変わらずリジーには苦痛に違いないし、エリザベスを満足させるものではないでしょう。キャロライン［・ブラックウッド］が言うように、本を献呈された人も同じ反応をすること必然なのです」。

ロウエルは多くのソネットを書き始め、彼はそれらをまず『ノートブック一九六七―六八 *Notebook 1967-68*』（一九六九年刊）に上梓し、そしてそれから、改訂増補した三巻本として、『歴史 *History*』と『リジーとハリエットに *For Lizzie and Harriet*』と『イルカ』を刊行した。すべて一九七二年刊である――ビショップは、一九七一年に彼にこういう質問を書き送った。「ソネットの方は順調ですか。まあ、私は一つ書いたくらいですけど」。この質問が茶目っ気たっぷりな書簡体でないとすれば、彼女は私たちが思っているより無邪気な人だったであろう。

ロウエルが書いたソネットの中には、彼女と南大西洋、そして北大西洋との関係について書いたものがあった。

　ほかに住む場所はついに見出さず
あなたの、一つ知られた経度にくっつく莫大な記憶によってがんじがらめ

それとは別に彼は「水」を書き直し、それをソネットにした。一九六二年にこの詩

——彼女についての詩行（「ある夜あなたは／人魚になった自分がはしけにしがみつく夢を見た／手でフジツボを／こそげ取ろうとしていた」）が入っていた——の草稿を初めて彼女に送ったとき、ビショップは、細部を訂正しただけでなく、彼女が彼に読み聞かせた（彼女の覚えていた通りの）エドナ・セント・ヴィンセント・ミレイについての詩の四行[*7]に入れていなかったものを思い出させた。

深い海におぼれて
わたしは体を波止場に打ちつけたい
ネプチューンがさまよえる娘の名を呼ぶ
エドナ、こっちへおいで。

これは、彼にもう少し抑えてと諭す彼女のやり方だった。そこでこのゲームに乗じて彼は一筆描き加えた。彼は、「水」を「エリザベス・ビショップに（二十五年間）その一・水　For Elizabeth Bishop (twenty-five years) 1. Water.」に題名を変えたのだ。そうすることによって彼は詩を破壊してしまい、もとの詩から静謐で簡素な繊細さをすべてはぎ取って不用意に死なせ、彼のこれら後期ソネットの詩行の多くと同じく、出だしの数行を駄目にした（これは言っておかねばならないが、ほかの詩行は素晴らしくこの上なく見事だ、だが、この数行は死んでいる）。

ストニントンでは毎朝何隻ものボートに乗って出かける人夫たち
島の御影石の石切り場へと島を目指す
岩の丘にカキの殻のようにしがみついている
吹きさらしの白い家を後にして。
　覚えていますか？

彼がソネットを何篇か送ったとき、彼女は大いに気に入ったと返答した。だが彼女は「水」よりほかの詩の方が好きだと強調した。「水」のこの新しいソネット版について彼女は書いた。「あなたの書き直し能力にはものが言えないほど驚きます。……あのひどいサカナ［彼女の「魚　The Fish」は彼女の最も有名な詩の一つになっていた］を私はソネットにしてみようと思います」。

ここで彼女はミスを犯した。彼女は自分の絶望的状況を書いたのだ。ロウエルは、手紙の常ならず苦しいまでに個人的なこの部分を「エリザベス・ビショップに　その三　詩のある手紙のための詩のある手紙　For Elizabeth Bishop 3. Letter with Poems for Letter with Poems」というソネットにして答えたのだ。彼は彼女に手紙でこう詫びた。「ノートブックであなたの手紙の一つを、あなたについての詩にしたことをお詫びします。……甘えすぎたかもしれません、ですので、もしそうならばただもうお許し願いたいのです」。その詩――それはしばしば読者に、私も含めてだが、ビショップの個人的生活を初めて垣間見させせることになるものだった――は、すでに見てきたように次のように始まった。

まあ心配するのは道理、でもしないで、
という私自身心配しているのだけど。私は
自分が立ち向かわなければならない状況としては
最悪のところに突入。出口が見えないわ。

ロウエルがこの四行を完成するのに要した時間を知ろうと思えばおそらく、ボルヘスのピエール・メナールに訊かなくてはならない。[*8] それを書き写すくらいの時間、いやもっと速いだろう。というのは、一九七〇年に書かれたビショップの手紙は、ほぼ同じ語句を含んでいたからだ。「まあ心配するのは道理、でもしないで！――自分でもかなり心配なのです。自分が立ち向かわなければならない状況としては最悪のところに突入、出口が見えないわ」。デイヴィッド・カルストーンが書いている。「［ロウエルの詩に対する］ビショップの返信は、彼女は書いたかもしれないが、彼らの書簡にはない。しかし、彼女の苦悩の心象を彼が公表したのなら、彼女が喜んだはずはない」。

　ビショップが待ち構えていて仕返しをしたのだというのはフェアではないだろう。彼ら二人の間はそのように単純なものではなかったし、彼女がどれほど彼を愛し、称賛していたかは常に思い起こさねばならない。彼の最後の本『日ごとに *Day by Day*』の静かなトーンの前に、ロウエルは何年も彼のソネット全篇に取り組んでいた、というかビショップの言葉を借りれば、「壊したり再編成していた」のだった。彼女が言ったように、彼女にはソネットはたった一篇あるだけだった（もっとも、彼女は何年も前にもう一篇書いていたが、発表はしなかった）。そのソネットは完成させた最後の詩であり、彼のくだらない饒舌に比べて、無駄をはぎ取ったその完璧さに彼女も満足だったろう。だが、彼女の「悲しむ友」――ロウエルのことをそう呼んでいた――唯一気にかけた読者が、二人の長い会話の最後の言葉を目撃することはなかろうということは、ふさぎこむ原因にもなったに違いない（彼女の方が二年長く生きた）。彼女は、自分のソネットを「ソネット　Sonnet」と呼んだ。

とらえられて――泡
アルコール水準器の中で
生物は分割された。
そして、コンパスの針は
ぐらつき横にブレる、
どちらへとも決めかねて。
解放されて――壊れた
温度計の水銀が

逃げ去って。
虹鳥が
空っぽの鏡の
狭い斜面から
好きなところへ
飛んで行く、飛べ！

注

＊1　アン・セクストン――アメリカの詩人。一九二八―一九七四。ピューリッツァ賞など受賞。

＊2　W・D・スノッドグラス――アメリカの詩人。一九二六―二〇〇九。一九六〇年にピューリッツァ賞受賞。

＊3　ジャンケット――牛乳をレンネットという酵素の混合物で固めたもの。ミルクプディングのような伝統的な菓子。

＊4　ファイドラ　Phaedra――ギリシャ神話の登場人物、ミノス王の娘であるファイドラの物語。フェドラ、パイドラー等とも表記される。

＊5　スタンリー・クニッツ――アメリカの詩人。一九〇五―二〇〇六。

＊6　リチャード・ウィルバー――アメリカの詩人。一九二一―二〇一七。二回のピューリッツァ賞、全米図書賞などを受賞。

＊7　エドナ・セント・ヴィンセント・ミレイについての詩の四行――エドナ・セント・ヴィセント・ミレイは、アメリカの詩人。一八九二―一九五〇。ここで取りあげられているのはアメリカの戯曲家サミュエル・ホッフェンスタインの「ミス・ミレイも何かを語る　Miss Millay says Something Too」という詩の最初の四行。ビショップの手紙の引用である本文の四行は彼女の記憶に基づくものであり、第一行と第四行に誤りがある。

＊8　ボルヘスのピエール・メナールに訊く――ホルヘ・ルイス・ボルヘスの短篇集『伝奇集』中の作品「『ドン・キホーテ』の著者、ピエール・メナール」は、ピエール・メナールという作家が書いた「ドン・キホーテ」という小説を、セルバンテスのものと比較する論文という形をとるパロディ作品。つまり、架空の作家ピエール・メナールに訊くのと同じくらいナンセンスなことだという意味。

バルトーク・バード

一九七七年八月ビショップは、ロバート・ロウエルが、彼女が家を借りていたメイン海岸沖の島、ノース・ヘイヴンに彼女を訪れることを計画していることを知った。そこは「夢——平和、静かでとても美しい」と、彼女は手紙に書いた。ロウエルは、メアリ・マッカーシーと一緒に行くことを計画していた。ビショップはマッカーシーを「グループ　The Group」の件で許してはいなかった。（マッカーシーは彼女の生涯の終わりに、ビショップ宛ての手紙——これをビショップは受け取らなかった——で、彼女はこの本のある人物がビショップをモデルにしていることを否定した）。不思議なことだが彼女は、マッカーシーの奇矯なふるまいにずっと引かれてはいた、だが書簡ではマッカーシーを嫌っていたように見える。一九六七年に彼女はロウエルに、マッカーシーについてのどぎまぎさせるような手紙を書いた。「言葉数をもっと抑えたらずっと重みが出るでしょうに」。

彼女は、今度は二人にノース・ヘイヴンへは来ないでくれと書き送った。「一昨日も」と彼女はロウエルに書いた、「その前の日も、全部で七人、お客は帰りました。彼らのことみんな大好きだし、すごく楽しかったですよ――でももう限界ね」。マッカーシーにはこう書いた。「来ないでいただけるとありがたいですわ――少なくともこの夏は。来年の夏ならまあ、私がここへ戻ってこられるならということですけど」。

ロウエルへの手紙の終わりにビショップは書いた。「そうですね、ケンブリッジかニューヨークで会いましょう……ここへ私が再び戻ってこられたなら、来年の夏ノース・ヘイヴンで会いましょう」。しかしながらロウエルは、翌月六十歳で亡くなった。ニューヨークのタクシーで空港から飛ばしている途中のことだった。彼の死の知らせを知ったとき、ビショップはまだ島にいた。

翌年彼女は、以前の訪問のときに鳥や花の名前をリストアップしたノートを使って、彼に捧げる挽歌「ノース・ヘイヴン　North Haven」[*1]を書き始めた。彼女は文学作品からの引用も使った。第二連第三行目で『不思議の国のアリス』から「夢のように」を、『恋の骨折り損』から、「ヒナギクよ、まだらの」と「牧場を喜びで埋め尽くせ」

を。彼女が鳥の名前を挙げる第四連には、トマス・ハーディ[*2]の後年の詩「誇らしき歌い手たち　Proud Songsters」のこだまがある。

陽は進みツグミは歌う
ヒワは孤独に、またつがいでさえずり
暗くなればナイチンゲールのよく通る声が
　茂みを震わせ
四月の日々、時間はすべて彼らのものだとばかりに
　彼らのピーピー歌う声が浸透していく

トム・ポーリン[*3]が指摘したように、この詩はハーディの『テス』の一節と共鳴する。
また季節は巡りきて、花、葉、ナイチンゲール、ツグミ、ヒワや束の間のものたちが、ほんの一年前ほかのものたちがいたところに陣取った、細菌と微粒子だけのところに。

かろうじて試みてはみたものの、ビショップは彼女の母親への挽歌も、恋人ロタ・デ・マセド・ソアレスへの挽歌も書けなかった。そして、この挫折感が「ノース・ヘイヴン」のトーンに満ちているのだが、ここにイエイツの「ロバート・グレゴリー少佐を偲んで In Memory of Major Robert Gregory」[*4]の響きがある。この詩において、グレゴリーについての言及は第六連第六行目までなく、彼の名前はタイトルにあるだけである。イエイツの詩は、この死が詩人のすべての「語る心」を奪ってしまったと最終行で認めている。

詩の幕が開き、またもやビショップは一人で観察している。彼女は気づく。考えるのでなく、思い出すのでもなく、分析するのでもない。第二連に、優雅だけど中途半端だとしてガンが批判した「憂いのある安らぎ」の要素がある。第三連で詩の重心がそっとためらいがちに顔を現わす。花の名をいろいろ挙げながら詩人は、言わねばならないことを出し渋り、配慮と機智をもって、この世界は移ろいやすいから書き留めねばならない、そして、その構成要素はすぐに消え去ってしまうかもしれないからリストを作っておかねばならないと示唆する。

第四連第一行でトーンの変化はない。「オウゴンヒワが帰った、あるいはそっくりな鳥が」。オウゴンヒワは実は戻ってきていないという暗い暗示があることは容易に見過ごされてしまう。彼らは死んだのだ。こうしてビショップは多分、次に来るものへと読者の無意識を準備させているだけなのかもしれない。一見無垢に見える喉の部分が白い雀の「五音の歌」こそが「懇願し懇願する」、そして「目に涙を浮かべさせる」のだ（ビショップはオクタビオ・パスへの手紙の中で、喉の部分が白い雀のことを「バルトーク・バード」と呼んでいる）。それから彼女は、最後の韻としてどういう言葉を使うか勘考せねばならない。「ノース・ヘイヴン」各連の五行は、第三行、第五行で押韻するので、eyes と韻を踏む語でなくてはいけない。ソネット一、二、一四、一五三でシェイクスピアは、eyes を lies と、ソネット二九では cries と、六〇では arise、八三では devise、一四一、一四九は despise。ジョージ・ハーバートは、rise、suffice、despise と押韻させた。英語の中でも押韻にうってつけの語の一つなのである。長く人生を生きてきた今、意見を述べるためのすべてのことが彼女に開かれているのだ。詩「一つの技法　One Art」の最後で彼女が言ったように「ちゃんと書」くために。

次の行でビショップは、真実である何かを述べることに最も近づいた。彼女が次のように言うとき、「憂いのある安らぎ」は消え、別種の憂い、鈍く禁欲的な憂いが取って代わるのだ。「自然は繰り返しだ、あるいはほとんどそうだ」。
次の行こそは、尋常ならざる奇跡であり、ビショップのためらいがちでおずおずとした詩人としての歩みが、おもむろに今、呪文のような劇化を遂げるのだ。ごく個人的なこと、同時代の詩人の苦境についての彼女の考えからくることなど、さまざまな理由ゆえに、彼女にとって歴然としているのは、口にできることは少なくとも、暗示されうることはたくさんあるということだ。差し当り、言葉は厳密でなければならないし、感情は「原因を凌駕し」てはならない。この連の最終行は——最後の語はeyesと押韻しなければならない——各語が弱強拍となり六語である。三語の後、セミコロンで明示される休止がある。言葉はイタリックで、強勢ではなく囁く声、ロウエルが言うところの「人でいっぱいの騒々しい部屋で話をしていて、話し続けていると急にまわりが静まりかえる」である。最後の三語はそれぞれ一つの歯擦音で終わり、sigh（ため息）の語を部分的に含む。そして今、声が言う。

繰り返せ、繰り返せ、繰り返せ。修正せよ、修正せよ、修正せよ。

repeat, repeat, repeat, repeat; revise, revise, revise.

この第四連の六ビートは一つのパタンの一部である。各連の最初の五行は五ビートで、最終行はそれより長い。ヘレン・ヴェンドラーが言うごとく、「前に進むのが嫌だとでもいうように、終わりの部分で減速する」のだ。

挽歌を書くことを避け、挽歌の音色を詩の行間に留めて世界を観察し、それぞれの詩ごとにそれをさらなる神秘とし、詩の各相をより独自のものとした詩人が、今、最後の詩の一つにおいて、辛酸の挙句手に入れたトーンを何一つ失うことなく、旧友のために挽歌を書こうとする。それは奇妙ではあるが、多分、似つかわしいことなのだろう。

一方サンフランシスコでは、詩における より緩やかなスタイルを求めてトム・ガンが自らの戦いに挑んでいた。「彼の詩にはもう少しくつろぎを入れる余地がある」と、後年オーギュスト・クラインツァーラー[*5]は書いた。ガンの一九八二年版『歓喜抄 *The Passages of Joy*』の最初の部分では、どの詩も韻を踏んでいないし、規則的歩格で書かれてもいなかった。この本の中の詩には、試しに作ったら偶然できたというようなもの、いいかげんなものもある。迷子になった詩行やリズムがあったり、クラインツァーラーが「抑制された音楽」と呼ぶものがあったり、観察があったり、もっともそれらは、彼の膨大な才能、今は押しとどめられているが出番を心待ちにしている才能をはっきりと示していた。ガンは、相変わらず人気だった告白詩が嫌いだった。たとえば、「表現 Expression」という詩で、ロウエルへの手紙の中のビショップを反映させて、ほかの詩人たちをけなす彼自身としては最悪の詩を書いた。

何週間も私は
若い詩人の詩を読んでいる。
おふくろは理解してくれないし、
札つきアル中おやじがみんな大嫌い。
暗いアイロニーこめて
神経衰弱に精神病院、
それから自殺未遂、それらが実体験ではない

とすると
素敵に詩らしい詩というべきか。

ガンは一九八二年から一九九二年まで詩集を出さなかった。最後から一つ前の詩集である『寝汗をかく男 *The Man with Night Sweats*』を出す前の年一九九一年、彼は『タイム文学増刊号 *Times Literary Supplement*』に十六世紀の短詩について一つ書いたが、その中で、サー・トマス・ワイアットのいくつかの詩を吟味した。ワイアットの想像力に関する彼の叙述には、ガン自身そしてビショップにも当てはまる文がたくさんある。例えばガンはこう書いた。「感覚のためらいがちなところ、ままならない状態は、その力をいささかも衰えさせない。意志されたのでないゆえ、予見できないゆえに、なおさら力を持っている」。彼は特に、一九六一年まで光が当てられなかった多くのワイアットの詩を考察した。それは、アン・ブーリンとともにヘンリー八世によって処刑された、彼の数人の友人に捧げる挽歌であった。「[ワイアットの]感情の振れ幅は」とガンは書いた、「かなりのものである、悲しみつつ考えるゆえに」。彼は、これらの挽歌の「控えめな力」について書いた。これらの詩においては「控えめではほのめかすだけであろうとも、イエイツの詩におけるのと同様、自伝的なディテールに突然象徴的力が与えられる」という。だが、エッセイの中でガンが言わないことは、これらの詩が極めて素朴で感動的で直接的であり、ワイアットの多くの作品とまったく違っているので、読者が、これではまったくワイアットの作品ではなく、傷つき、恐れ、悲しみ、突然明快になったワイアットの声かもしれないと思ってしまうということだ。そこでは「ためらいがちで、ままならない」ものが跡形もなく消え失せている。

さらば、友よ、心尽くして
斧は急所を穿ち、君たちの頭は街頭にさらされる
流れる涙しとどわが眼より
書くことほとんど能わず、涙にぬれそぼつ紙にては

一九九〇年代初めに、『寝汗をかく男』の中で友人たちへの挽歌を書く前に、これらの詩を読んでいたか私がガンに尋ねたところ読んでいたとのことだった。だが当然

のことながら、だからそれらに影響されたのだという含みにはとまどっていた。彼もワイアットも親友が立て続けに亡くなるという経験をし、そういう人間としてガンは、自身の悲しみから、あるいは自身の暗い感情から、直接的に書くことを避けたと言う方がより正確だろう。なぜなら彼は、そういう素材から安易に出てくる詩というものに疑問を持っていたし、それに、とにかく彼には書く材料がほかにもあったのだ。

まだ一九八〇年代に入らないうちに、サンフランシスコで彼の友人たちが何人もエイズで死に、当時五十代後半だったガンは、表層の不思議、都市の複雑性、機知の楽しみ、快楽の最たるものドラッグの楽しみ、人間の固有性、精確と強健の詩論、これらすべての心身両面にわたることがらを顕著に扱う作品体系を創造していた。愛の詩も書いていた。彼の母の死についての詩は書いていなかった。

自分を「大体において陽気で浅薄な人間」だと評し、挽歌から最も遠いこの詩人ガンは、『寝汗をかく男』の第四部を構成する十七の詩において、彼の時代の最も偉大な挽歌を生み出したのだ。彼は自分の知識を総動員し、非人称、大きな歩格、厳密な押韻のスタイルを作り上げ、そして、感情を表す平易でわかりやすい言葉をすべて除外して、感情の最も力強く最も正統的な水準に達する率直さと精密さを自分のものとし、操り、解き放ったのである。決闘する者たちの介添え人のように、彼は悲しみと理性に寄り添った。それらをけしかけて互いに争わせた。「彼の体内に偶然にできた骨はない」とクラインツァーラーは言うが、そのトーンはときにゆったりとした会話調であった。悲しみと理性とを融合させることに成功している詩もいくつかある。「安心させる言葉 The Reassurance」と呼ばれる作品で、彼はシンプルで完璧な抒情詩を生み出したのである。

君が死んで
十日ほどたったころ
君は夢に現れて
もう大丈夫だと言った。

正真正銘、君だった、もっとも
再び肉体をまとっていて
君はぼくたち皆を抱きしめ

親し気に微笑んだ。

君は君らしく、優しく
安心させようとして。
そしてもちろん、ぼくの心は
ガードを張って。

ビショップの「ノース・ヘイヴン」とガンのこれらの詩において、何かが解き放たれたのだと言ったら安易すぎるだろう。両作家とも、暗くつきまとう無意識と同じだけの強い自意識を所有しており、彼らにとってとてつもなく重要に違いないことを彼らが書かないことを、真剣に受け止めねばならない。彼らがある種の詩を書くことを拒否したことは失敗ではなかった。これらの詩を書かなかったことに彼らは成功したのだと言えるだろう。そして、これら後期に書かれた挽歌は、実は彼らが作品として書くことができなかった死者たちへの挽歌だったと言うのも安易に過ぎるだろう。ガンの挽歌の一つ「死の扉　Death's Door」という詩には不思議な瞬間がある。彼は同月に亡くなった四人の友人について述べているのだが、この詩で彼は、実に初めて母親の死に触れたのだ。

もちろん死者の数はわれわれを上回る
——ひしめく予備軍！
ミノスほどに遠きかなたのわが母
四十年前に亡くなった母

彼の友人たちについて、生からの緩やかな退却、「死者のすべてと」合流することについて書いてから、彼は、古代の死者に囲まれた「わが母」のイメージに立ち戻った。詩人の典型である苛酷な生の中で、ガンは自分なりの完璧な法則を編み出してこれを守り、おそらくはちゃんとした理由あってのことだろう、寄せ集められた記憶をずっと留めておくことがなんとかできたのである。そして今、彼が最後に書いた挽歌に住まう人々である亡くなって間もない友人たち、そして、死後四十年以上経って詩に姿を現わす母を思い描くのだった。

彼らは、古代の軍隊の完全なる法則に
すっかり手なずけられ
束の間呼び起こされた記憶は
打ち捨てられてしまった。

注

＊1 「ノース・ヘイヴン North Haven」——『ニューヨーカー』誌一九七八年一二月一一日号に発表。

＊2 トマス・ハーディ——イギリスの小説家、詩人。一八四〇—一九二八。小説『テス』はトマス・ハーディの代表作で、原題は「ダーバヴィル家のテス Tess of the d'Urbervilles」。

＊3 トム・ポーリン——アイルランドの詩人、評論家。一九四九—。

＊4 イエイツの「ロバート・グレゴリー少佐を偲んで In Memory of Major Robert Gregory」——ロバート・グレゴリーはイエイツと親しかった劇作家で詩人のオーガスタ・グレゴリーの息子であり、第一次大戦において戦闘機が撃墜されて若くして亡くなった。

＊5 オーギュスト・クラインツァーラー——アメリカの詩人。一九四九—。

愛の努力

ビショップが書いたものは深く個人的なものである。彼女の詩は独自の並外れたヴィジョンと一連の想像体系から生まれている。しかしまた、彼女が書いたものは彼女が住んだ場所とも結びついているのだ。個人的なるものは示唆する。ノヴァ・スコーシャからキー・ウェストへ、そしてブラジルからボストンへと移るにつれて、彼女のトーンは変化した。また、彼女の詩と詩人としての成長は、ロバート・ロウエルやマリアン・ムーアと結びついており、彼らから去って南へ行き、彼らが去って誰もいなくなるとまた北へ移ったが、まるで彼らもまた彼女が訪れた場所でもあるかのように、二人をときには懐かしみ、ときには避けた。ロウエルもムーアも大事であり、ビショップは、二人に深い愛情を持っていた。しかしながら、それは、彼女が彼らからとれる限りのものをとり、その上で影響を避けるようになるというのが真実であり、それはときどき、途轍もない熟慮と注意でもって行われた。彼女は彼らから多大のものを学んだ、だが、彼らの影の下に生きる心構えはできていなかった。

　ロウエルは、彼女の物語「村にて　In the Village」を詩に書き直した。彼は、彼女の手紙の一通からソネットを作った。どちらの場合も、あらかじめ打診することはしなかった。マリアン・ムーアも、彼女に当たることなく、母親の助けを得て「雄鶏たち　Roosters」を書き替え、こういうものもできるのだということを彼女に示した。（詩人、メイ・スウェンソン[*1]もビショップの手紙の一通から詩を作った）。南に移ることだけでなく、温和に、また厳格なやり方で彼との差異を明確にすることによって、ビショップはロウエルから一定の距離を取った。だがそれは長い時間をかけて行われたことであった。ビショップがマリアン・ムーアから距離をとるのは、なぜかもっと急速に、そしてより早い段階で実行された。

　ムーアとロウエルは、彼女が反抗することのできる疑似ファミリーであった。彼らは彼女を守り、助言を与え、影響を与えようとすることさえできた。彼らはまた、彼女の無力感を利用することができた。だが、掌中に収めておくことはできなかった。彼女はいつもするりと抜け出していった。

ムーアとビショップは、一九三四年の春初めて会った。ビショップが二十三歳、ムーアは四十六歳だった。T・S・エリオットが序文を書いたムーアの『詩選集 *Selected Poems*』が出る前年であった。彼らの友情関係が始まってから数年、ムーアはビショップの新しい詩と散文のすべてに目を通し、彼女の詩が出されることになっていく雑誌の編集者に彼女を紹介した。一九三五年秋に出た『試算表 *Trial Balances*』という選集、これは先輩の詩人たちが新人たちの作品を紹介し、それを批評するというものだったが、その選集でムーアはビショップを選び、ビショップの詩の感情の欠如あるいは冷静さについてすすんでこう述べた。「感情を戯画化するのではなく、感情を偽装する」と書いたのである。

しかしながらムーアが詩に手直しを示唆するようになると、ゆっくりとだが、二つの感性間の差異はもちろん、ビショップの頑固さ――いや、真剣さの方がふさわしい語かもしれない――が立ち現われだした。ムーアの詩は、異様にエキセントリックな顕微鏡もしくは飛翔する奇妙な偵察機のように世界を識別する、表層の現象と直裁な暗示に満ちた、極度の精確さを求める言葉また言葉の累積である。彼女の詩は、感触で言うと房つきの織物。感性の肖像なるものが現れるとしたら、たまたまかあるいは、その詩の不思議なリズムから放出されたエネルギーから生まれたかであった。ストラビンスキーの作品に近いものがある、金属楽器の耳障りな音、自分の立てる音に恥ずかしがることはまるでない。また、渦巻く色の喧騒を恥ずかしいとも思わないカンディンスキーの絵に近かった。一方、ビショップの詩は、ヴェーベルン、モンドリアン、クレーの、悲しみを含んだ陽気さ、内向性と簡潔性を持っていた。ムーアは音節を楽し気に使い、一方ビショップは、弱強格のビートの静かな弁証法に固執した。マリアン・ムーアが自分に似せてビショップを創造し直そうとしても無理だということははっきりしている。

しかし、問題点が常にはっきりしているかというとそうではない。ムーアの示唆が正しい、あるいはほとんど正しいと思えるときもあるのだ。ビショップの「パリ午前七時　Paris, 7 A.M.」の出だしはこうだった。

アパートの時計を旅してみる
滑稽にあっちを指す手こっちを
そっちを指す手も、無知の文字盤の上で

ムーアは次のように書き変えた。

時計こっち、時計あっち見て回る
あっちの部屋からこっちの部屋へ
手があっち指してる
こっち指してる、素知らぬ文字盤の上で

ビショップは、「アパート」という語を守るために手紙に書いた（「私にとってこの語は家の構造を仮借なく示唆するものであり、後で言及されている「切り離された」存在のあり方を示唆しているので——大きな改善になるとあなたが感じるのでなければ、変えたくはありません」）。しかし、「滑稽に」という弱い語を消去するかどうかというのがもっと大事で、おそらく正しい指摘である。そしてそれは、この詩の書き出しを書き替えることにおいて、ビショップがすでにそうしたいと思っていた方向をムーアが示唆していたのだということになる。

ムーアのフィードバックとムーア自身の詩は、ビショップの詩との差異とは関係なしに、ある一つの方向を示唆していた。一九四八年に書かれたエッセイで、ビショップはこう書き出した。「私の知る限り、ミス・マリアン・ムーアは現存する世界一偉大な観察者です」。しかしながらそこでビショップは、精確な描写だけでは十分ではないことを説き明かした。自然に見えなければいけない、ささやかすぎるディテールはないという目によって描写されたものの感覚を伝えなくてはいけない、詩の呼吸のうちにその場ですぐに描写されなくてはならないというのだ。彼女はまた、ムーアのメタファーの使い方における配慮について書いた。「ミス・ムーアは、メタファーを実に注意深く用いており、そのことが、つつましやかながらも、さらなる意味がこめられるような落ち着いた雰囲気を彼女の詩に与えている」。彼女はまた、ムーアは「その詩において、……引きつけられずにおられないような圧倒的に完璧な真実の語りのトーン」を響かせると書いた。これらすべてのこと――微細にわたる猛烈に精確な描写を詩において用いるという技巧、詩においてあるものを保留しておくという考え、そして、詩において「真実を語る」意志――は、ビショップの詩学の中枢となるものだが、ずっとそこにあったものなのかもしれない。それらは、ムーアの中に対応するものを見つけたのだ。

このような概念だけでなく、ビショップはムーアの実際の詩からアイデアを得て、それを彼女自身の色調で詩作するようになった。ムーアの「鳶職人 The Steeple-Jack」の出だしの「魚の／鱗のような定形の波」は、ビショップの「集魚場にて At the Fishhouses」で、「彼は無数の魚から、古い黒色のナイフで／鱗、この最高に美しいもの、を引いた」（「集魚場（fishhouse）」という語は、のちに「鳶職人」の後半部に現れる）となる。同じように、「鳶職人」に立ちこめる霧は、これもまたいきいきと詳細に描かれる「大シカ The Moose」の霧となる。このタイトルそのものが、マリアン・ムーアに対する狡猾で示唆的な称賛のようである（「アルファベットで s は r の後に来ると決まっている」）[*2]。ビショップの「フロリダ Florida」のイメージや語は、ムーアの「帆船ペリカン The Frigate Pelican」のイメージや言葉から方向性を得ている。ビショップの「サンタレン Santarém」におけるスズメバチの巣のイメージには、ムーアの「紙オウムガイ The Paper Nautilus」のスズメバチの巣のこだまがある（問題のオウムガイの紙細工は、実際にビショップからムーアにプレゼントされたものだった)。「鳶職人」の野の花のリストは、ビショップの「ノース・ヘイヴン North Haven」に出現し、「象 Elephants」の驚くべき第六連第三行目の出だし「まるで、まるで、いつもまるでなのだ」が「ノース・ヘイヴン」の「繰り返せ、繰り返せ、繰り返せ」で始まる行をこだまさせているのだ。ムーアの詩「魚 The Fish」は、「The sea grows old in it.(そこで海は年ふる)」という単音節語六個の一文で終わる。ビショップの同名の詩では「And I let the fish go.(そして私はその魚を放った)」。

ムーアの詩語には一種の確実性、リズムと観察を推し進めようとし、自我を離れて――これらの微妙な均衡の上に構築された素晴らしい詩に自我があるとしてのことだが――詩のトーンと語において外へ外へと向かおうとする個性の感覚がある。というわけだから、一九三八年にムーアがビショップに宛てた手紙で「ためらうこと、内面へと向かっていくことは、あなたの強みであると同時に危険なところだと私は本当に感じています」と書いたとき、何か重大なことが指摘されていること、そしてムーアが二人の作家を分かつものを明確にしたことは明らかである。この二つのもの――ためらいと内向化――は、ビショップの主力になっていくものである。

四〇年代初めころ、ムーアもビショップもそれぞれの困難な状況下にあった。ムーアは母親と暮らしていたが、二人とも病気がちだった。ムーアが面倒をみていたエリザベス・ビショップは、一九四〇年に『ニューヨーカー』誌と終生続く関係をスタートさせた。ムーアの詩はまだ一度も発表されていなかった。ビショップは『ニューヨーカー』誌とはうまくいったが、作品の数はまだ少なくて、彼女の最初の本は数社から出版を断られていた。酒浸りの日々、彼女はぜんそくに悩んでいた。しかし、変化する彼らの関係でおそらくより重要なものは、ビショップのそれまでで一番野心的、衝撃的な詩「雄鶏たち Roosters」で、彼女はこれをムーアに送った。次に起こったことは、『詩人になること *Becoming a Poet*』の中でデイヴィッド・カルストーンが跡づけているように、ほとんど喜劇的と言えるものだったが、実際はそういうことではなかった。

ムーアと母親は、夜遅くまで寝ないで頑張ってついにこの詩をすっかり書き直したのだ。彼女らは、粗野だと思った語を取り除き、暴力的イメージを抜き去った。ビショップの三連構造にこだわらず、多くの二行連、一つの四行の連を入れた。一九四一年十月に書かれた手紙でムーアは、よい表現の語句を褒めた後で、なぜ彼女と彼女の母親が「トイレ」とか「糞で踏み固められた鶏小屋の床」という語が嫌いかを説明した。「トイレについては、ディラン・トマス、[*3] W・C・ウイリアムズ、[*4] E・E・カミングズ他、[*5] 品を悪くするような語に少しでもひるめば役目を果たしていないと感じるようだが、私は彼らに言いたい、「私はこういうものをなんとも思っていません。私は、最大の効果を生み出したいだけで、禁欲のヒロイズムは勇気のヒロイズムと同じくらい立派であるし、受け取る報酬も相当あるのです」」。

一九四〇年に「雄鶏たち」の語についてはいわば自分の立場を守ったにもかかわらず、ビショップは、一九五八年、メイ・スウェンソンの詩に答えたときは、粗野な言葉を処理するムーアの方針を守った。カースティン・ホテリング・ゾナ[*6]が示唆したように、彼女のスウェンソンへの対処法は、ムーアのペルソナかと思わせるほどだった。「「腰」「鼠径」「股」「わき腹」「腿」など……私はこういう言葉が嫌いです。……また、私が最も気に入っている詩、ほとんど誰もがあなたの最高傑作だと同意するであろう詩は、ほとんどこういう語を使っていません。……これは決してピューリタン精神から言っているのではありません。こういうのは、直接肉体面に働きかけて読者を驚かせる醜い言葉です、おそらくあなたが思っている以上にそうなのです。私たちは、書き言葉、話し言葉の自由という面ではこの百年の間に大きく進歩しました――しかし、こういう言葉はまだあまり居心地がよくないです、大体において」。

彼女はまたこうも書いた、「これは、語の配置や選択の問題とかイメージの唐突さあるいは精確さの問題です――それは詩にプラスになるのかマイナスになるのか。そういう語は詩から突出しているので、読者が覚えているフレーズが「ミス・スウェンソンはいつも陰茎のことばかり言っている」だとしたら――明らかに詩の効果を台無しにしているのです。そして、フロイト主義的マインドの現代読者に、美的経験をさせるのではなく、おもしろい発見をしたと喜ばせることになるでしょう」。一九七〇年、スウェンソンに宛てた手紙で彼女は、スウェンソンの詩「ジェームズ・ボンド映画 The James Bond Movie」を賛美していると書いた、「ただし「おっぱい」は別、など言うと、まあ私は古いお上品ぶり屋なのかも。でも、違うのよ！――ただ私は、ある種のスラングが嫌いなだけなのです」。

ビショップは、軍国主義の本質的卑劣さを強調するために「トイレ」のような言葉を残したいと答えて、「雄鶏たち」についてのムーアと彼女の母親の助言を無視した（彼女はまた、ムーアと母親がタイトルにと無邪気に提案した「にわとり The Cock」は取り上げず、元のままのタイトルで通すことにした）。「雄鶏たち」は、エドモンド・ウィルソン編集の[7]『ニュー・リパブリック』誌のある号の巻頭詩として発表された。

カルストーンが指摘しているように、「雄鶏たち」には、いくつかの言葉や暴力のイメージと同じくらいムーアを動揺させた可能性のある別の要素がある。それはカルストーンが「ビショップの明け方の詩の多くに窺われる、私生活についての明言されない暗示」だった。言い換えると、朝の目覚めについてのビショップの詩には、ベッドに誰か別の人物がいたというほのめかし、彼女は一人で寝たのではないという感じがあり、さらに別のほのめかし、いやほのめかし以上のもの、つまり、その同衾者は男ではなかったという暗示があったのだ。メイ・スウェンソンは、ビショップについての詩を書いているが、それは、彼女の初期の詩何篇かに見られる、奥歯にものの挟まったような表現をあてこすったものだ。「彼女の朝の仕事　Her Early Work」という詩で、こういう書き出しである。

猫に、犬に、木々に
そして見知らぬ人に話しかけた。

愛された人に
幾層もの仮面を通して語った。
誰に対して話されたのか
素裸にされたのは誰なのか
今でもわからない。

ビショップとスウェンソンは、二百六十通の手紙を交わしたのだが、ビショップには距離を保つ理由があったことを、一九六一年から六二年に書かれたスウェンソンの未完、未発表の詩が私たちにわからせてくれている。

私はあなたに
首ったけだった。でも私、何も
言えなかった。そしてあなたは
私の犬のような愛を
解き放ち、突然解き放たれた、愛に餓えた

猟犬のように私をあなたにとびかからせた
であろうその言葉を一度だって言わなかった。

かわいいエリザベス
あなたはまだ今でも
荒れ狂う私を鎖の端につないでいるの——なぜなら
私はあなたに届かないから、一度も
お手をしたことがないから、あなたを思うと
いまだに胸焼き尽くされる、だって、だって
私はあなたのこと何年たっても知らないのですもの
——そして私は、愛しているのですもの
その知られざるあなたを。

ビショップは「知られざる」人だという考えが、スウェンソンの心をとらえていた。一九五四年にスウェンソンはビッショプへの手紙にこう書いた。「シャンプー

The Shampoo」が「大好きです……でも、なぜかということを言おうとするととんでもないことになるのですが……何かが隠されているという感じなのです――でも、だからいっそう詩としてはいいのですが……神秘さ、と言っても表現は完璧に直截的なのですが」。二年後、「四つの詩 Four Poems[*8]」を受け取ったとき、彼女は再び手紙を出し「『四つの詩』はわかりません、つまりムードはわかります、でも、何について話しているのかは想像できるだけで――私の想像は手に負えなくなり、見なれぬ答えが返ってくるのです……この四つの詩を読みながら、私の経験からそこに「意味」を与えなければなりません、なぜならあなたは自分の経験を除外しているから……。ここで私は締め出される、フンフン嗅ぎまわり、耳を澄まし、ドアをたたいても無駄なのです」と伝えた。

『エドガー・アラン・ポーとジュークボックス *Edgar Allan Poe & The Jukebox*』に収録されているすべての断片、手稿、未発表の詩で、円熟し完成されたビショップの詩の基準にかなうと断言できる詩はたった一篇である。一九六〇年代後半の無題の詩だ。

親密に親密に

愛するものたちは夜を徹して
身を寄せ合う。
二人はともに反転す

眠りの中で
親密に
暗闇で読み合う
本の重なる二ページのように

一方はもう一方の
すべてを知っている
そらんじている
頭の先からつま先まで。

ビショップの朝の詩は、性の幸福を図る必要性あるいは性の幸福に対する脅威、あるいはその緩やかな終焉から力を得ている。スウェンソンが彼女にもう少しで指摘し得たように、ビショップは、言葉にはせずにこれを示唆することができたのである。彼女の朝を呼び起こしながらも、そこに謎を置いておく必要があったのだ。スウェンソンが認めているように、だからこそそれらの詩がよくなったのかもしれない。

「雄鶏たち」の書き直しの後三十年間、ビショップとムーアは互いに非常に気をつけてつき合った。お互いの作品については熱のこもった評を下したが、一九五七年にビショップの『ヘレナ・モーリーの日記 *The Diary of Helena Morley*』*9の訳について、ムーアは特に申し分のない明敏な評をつけた。

一九五五年、ビショップは第二詩集『冷たい春 *A Cold Spring*』を出した。その最後から二番目の詩のタイトルは、「ミス・マリアン・ムーアを招待する Invitation to Miss Marianne Moore」であった。それは、パブロ・ネルーダ*10が彼の友人のために書いた詩がもとになっていた。その詩が書かれた一九四八年、ロウエル宛ての手紙にビショップは書いた、「ニューヨークの私の親友が彼女［ムーア］についての私の詩が「卑劣だ」と思ったというのはショックでした。なぜなら、そのようなつもりは全然ありませんでしたし、今さらどうしようもないのですから」。その詩は、『季刊文学評論『*Quarterly Review of Literature*』誌のムーアを称賛する特集の中で、彼女の作品についてのビショップのエッセイ「世界で最も偉大な観察者　The World's Greatest Observer」とともに掲載された。ムーアは、その詩を大いに気に入ったと公言した、「私はかくも見事な賛辞にとても値しません。今後、その賛辞に恥じない仕事をしていきたいと思います」。

この詩には何か馬鹿げていて陽気なところがある。その呑気なトーンについてトム・ガンが述べているところは本書ですでに言及した。だがそれはまた、わざとらしく陽気さを装うことによって、ムーアのエキセントリックなところを強調しているようにも見える。実際ブルックリンからマンハッタンへの道で、彼女はほうきに乗っていく方が快適だったかもと暗示しているのだ。また、ネルーダの詩「アルベルト・ロハス・ヒメネスが飛んでいく　Alberto Rojas Jimenez viene volando」は、亡くなった友に宛てて書かれたもので、死とは縁のない友についての詩を書くときのお手本として最もふさわしいとは言いがたかったかもしれない。その詩は、みごとなおまじないの美を備えた詩だった。こう締めくくられている。

わたしには聞こえる、あなたのつばさの音が
あなたのゆっくりと飛翔する音が
死者の水が、目の見えない濡れたハトのように私を打つ。
あなたが飛んでくる

あなたが飛んでくる、独りぼっちで、孤独で
死者の中にただ一人、永遠に一人きり
影もなくあなたは飛んでくる、名前もなく
砂糖もなく、口もなく、バラの木もなく
あなたは飛んでくる。

ビショップの詩は次のように終わる。

白い鰯雲の空を光のようにやって来て
昼間の彗星のようにやって来て

明瞭な言葉の長いすそを引きずって
ブルックリンから、ブルックリン橋の上を飛んで、この晴れた今朝
お願い飛んできて。

ビショップの最後の詩「ソネット Sonnet」は、ロバート・ロウエルの詩には出来不出来があることを、その慧眼と鑿で削り取るような精確さで指摘して、最小限度の効果を用いても思いがけない永続性や印象深さを出せることを明らかにしつつ、ビショップとロウエルの違いがここに確立されたかのようだ。ムーアに宛てたこの詩は、招き入れ、あるいは純粋に賛美するものであると同時に、決別し距離を創出する詩であり、心優しくも痛快な揶揄であるようにも見える。

「いいお天気の今朝、マンハッタン／はモラルだらけ」とビショップは書く、「あなたの帽子のつばに／何人の天使が乗っかっているのかしら」。この「モラルだらけ」のマンハッタンは、ムーアと彼女の帽子にふさわしい場所なのかもしれないが、とてもビショップが住もうと思うような場所ではなかった。

この詩がある選集に出たとき、この詩のすぐ後に『冷たい春』の最後の詩「シャ

ンプー」が続いている。この詩はスウェンソンに、何かが隠されていると感じさせたものである。だが、含まれるべきことは十分含まれていたのだ。謎めいてはいるが、「シャンプー」が親密な愛の詩であることは明らかだった。ビショップがスウェンソンに書いたように、この詩は、ロタの髪を洗うことを歌ったものだった。「私は、あなたが「シャンプー」について言ってくれたこと、そして、私が言いたいことプラスアルファを完全にわかってくれたことが嬉しくて……。シャンプーはとても簡単、ロタは長く黒い直毛なのです、――六年ほど会ってなくて、初めて私がここ［ブラジル］へ来て二人が再会したとき、彼女は私の髪がグレーになってしまっているのを見て大ショック、私も彼女の髪の両側にグレーの帯ができていることにショック、かなり目立つ帯だったわ。慣れたら好きになったけど――アメリカコガラ[11]そっくり。……ありとあらゆるサイズのピカピカ金属の洗面器はブラジル生活の特徴で……それに私のまわりは岩と地衣類がいっぱいなのです――ときどきそれらは、まさに月の暈そのものの不吉な色をしていて――そして、月がそう見えるのと同じように無限に伸び広がろうとしているように見えるのです[12]」。

　二年後、彼女はスウェンソンに宛ててこう書いた。「「シャンプー」のことに触れたのはあなたともう一人の友人だけ。……私はこの詩を何人かの友人に送ったのですけど、誰もこれに触れませんので、何か私の気づいていない不適切な表現があったのかと思うようになったのです。とりわけマリアンは……優しい熱情には向き合うことができないのじゃないかと思います。いつか彼女の「雄鶏たち」の完全な書き替えを見せますよ――トイレとか女房とかベッドとか、みな取り去ったわ。……本当に驚くべきことだし、悲しいことでもあるわね」。

それは、ブラジルでのビショップとロタの関係をムーアが知らなかったというのではなかった。例えば、一九五八年彼女はロタに、彼女からもらったプレゼントに対する礼を書いた。率直で愛情のこもった手紙だった。「あなたがこんなにも遠く離れているとは思えないの、ロタ、魔法のプレゼントを頂いてからは。ただ、あなたたち――あなたとエリザベス――がここにいてくれたら！」

温かい感触の手紙ではあるのだが、彼女の若い友が暗号化したレズビアンの恋愛詩を書き続けていたと知ったわけで、何も知らずに以前読んだ詩にムーアが今冷ややかな目を注いだことは想像に難くない。ビショップの初期の詩「シュマン・ド・フェール Chemin de Fer」[*13]がオナニーについて語っていると彼女は気づいていたのか。その他の初期の詩の中には彼女が手稿で読んだもの、たとえば「奇跡の朝餉　A Miracle for Breakfast」「四つの詩　Four Poems」などの詩が、ビショップは後年偉大な精神の詩人になったとはいえ彼女はまず肉の詩人として出発した、少なくともその要素は持っていたということを教えてくれていることに気づいていたかどうか。

一九七二年にマリアン・ムーアが亡くなったとき、ビショップはムーアへの挽歌を書かなかった。しかしながら彼女は、ムーアについての長いエッセイをすでに書いていて、ムーアの死後、彼女は部分的に朗読してはいたが活字にはしなかった（一九八三年、ビショップ自身の死後四年たって発表された）。「愛の努力　Efforts of Affection」と呼ばれるこのエッセイは、「村にて　In the Village」と並ぶビショップの最高の散文であった。これは、彼女の長年の友人にして指導者であった人についてのコミカルなことがらが散りばめられており、閃く洞察と純粋な愛情に満ちていた。ビショップはまた、フェミニスト・ムーアと詩人・ムーアを強力に擁護した。「最近私は、フェミニスト作家たちが彼女の詩に批判的に言及しているのを目にしました。そのうちの一つは彼女を「奇抜さを装うことによって恐怖をコントロールしている詩人」と描写していました。気まぐれはときどきあるでしょう、もちろん。そして、ユーモア（これらの批評家が残念ながら欠いているように思われる天賦の才能）も。すべての芸術作品の根底には、死へのパニックと恐怖があるのではないでしょうか」。

その文章の中でビショップは、ムーアの作品はむろん、自分自身の作品の奥にあるものについて述べているように思われた。しかし、そのエッセイの中で彼女はすぐに、彼女が愛し、ほかのことから彼女の気をまぎらわせてくれる、おかしなものや変わった話の世界へと戻った。彼女はムーアがある日だしぬけに「エリザベス、あなた、ヌード好き？」と聞いたと書いている。「私が、ええまあ好きよと言うとムーアが答えたのです、「そうね、私も好きよ、エリザベス、でもそこそこにね」」。「愛の努力」の中でビショップは、ロバート・ロウエルに宛てた「ノース・ヘイヴン」でしたのと同じように、細部に気を配り、旧友を悼み記憶に残すことに成功したのだ。しかし同時に彼女は、二人が生きているときもそうだったように、彼らの死後彼らについて書きながら、二人から絶対泳ぎ去ろう、そしてそのほかの多くのことからも逃げ去り、自分自身だけの隠れ家を見つけられる乾いた陸——水からあまり遠く離れていない乾いた土地——を見つけ出すのだという感じがあった。

注

＊1　メイ・スウェンソン――アメリカの詩人、戯曲家。一九一九―八九。

＊2　アルファベットはsはrの後に来ると決まっている――ムーアの綴りMooreと大シカの綴りがMooseが、一文字しか違わないことを意味している。

＊3　ディラン・トマス――イギリスの詩人。一九一四―一九五三。

＊4　W・C・ウイリアムズ――ウイリアム・カーロス・ウイリアムズ。アメリカの詩人。一八八三―一九六三。全米図書賞、ピューリッツァ賞など受賞。

＊5　E・E・カミングズ――アメリカの詩人、劇作家。一八九四―一九六二。全米図書賞受賞。

＊6　カースティン・ホテリング・ゾナ――アメリカの詩人、大学教員、編集者。一九六八―。著書に『マリアン・ムーア、エリザベス・ビショップ、メイ・スウェンソン　自己抑制のフェミニスト・ポエティクス　*Marianne Moore, Elizabeth Bishop, and May Swenson : the feminist poetics of self-restraint*』など。

＊7　エドモンド・ウィルソン――アメリカの文芸評論家。一八九五―一九七二。若い頃、まだ創刊して数年目だった『ニュー・リパブリック』誌や『ヴァニティ・フェア』誌の編集長を務めた。

＊8　「四つの詩　Four Poems」―『詩集　北と南・冷たい春』所収。

＊9　『ヘレナ・モーリーの日記　*The Diary of Helena Morley*』――原書はアリス・ディレル・カルディラ・ブラント著、一九四二年にブラジルで出版された小説。ビショップが英訳し、一九五七年にファーラ・ストラウス&ジロー社より刊行。

＊10　パブロ・ネルーダ――チリの詩人、政治家。一九〇四―一九七三。ノーベル文学賞など受賞。

＊11　アメリカコガラ――シジュウカラの一種。黒い頭部の両脇に嘴から後ろへ広がる白い模様がある。

＊12　金属の洗面器、岩、地衣類、月の暈――これらはすべて詩「シャンプー」に登場する。

＊13　「シュマン・ド・フェール　Chemin de Fer」―『北と南』所収。

北大西洋の光

私は今、アイルランド南東、ウェクスフォードのバリコニガー・アッパー、あるいは地元の人たちがクッシュと呼ぶ土地の、海に近い家にいる。私の両親はこの海岸線を知っていた。二十代のとき、父は友人たちと一緒にこのあたりの海岸近くに小さな家を借りた。私の両親はまた、夏の日曜日にエニスコーシーの町から自転車でここへやって来た。結婚する前、バリコニガー・ロウワー――ここはキーティングズとして知られていた――の丘で撮った彼らの写真が何枚もある。それから、毎年家族で夏を過ごしに来たときの私たち子供の写真、これはもっとたくさんある。私たちは普段の生活を町で送ったが、この小さな海岸線、この文字通り小さなへき地、ここそ私の知るものに最も近いと感じ、思い出し、もう一度見たい、もう一度それについて書きたいと私が思う場所なのである。

私がここへ帰ってきた最初のころも、そしてずっと後になってからも、ほとんど何も変わっていないなという感じだった。匂いも変わっておらず馴染みのあるものだったし、小道、原っぱ、土手も変わっていなかった。人々が温厚で礼儀正しいところも昔通りだった。朝は光が海の上に輝き、夕方には雨も上がる。崖の赤土、海岸、ためらいがちに、でも果てることなく寄せては返す波の動き。波打ち際のさまざまな形と色（ささやかすぎるディテールはない）の小石は、波が打ち寄せるたびにぶつかり合ってカラカラという乾いた音を出し、波が引くとき取り残されていく。

しかしながら変わったものもあり、見慣れぬこともここにはいくつかある。海岸は浸食され、私の両親の写真を撮った丘、てっぺんに見張り所があった丘は跡形もないし、それから、目印だったキーティング家の家も、崖の近くにあった私の父のいとこ、ディック・フィーランの家も海岸に落ちた、まあほとんど跡形を留めていない。フィーランの家へ行ってみる。古い暖炉と奥の壁がまだ残っている。新しい家が数軒、このつつましやかな田舎の風景の中で大きく、威圧するように建っている。私がいるこの家もその一つだ。

毎年夏私たちが借りた家には、今別の人々が住んでいる。ポーチと風呂と新しい屋根が建て増しされた。父が亡くなる前、そこで七、八人寝ていたろうか、そこへさらに叔父や叔母も訪れた。夏の夕刻、スクーターに乗って町へ帰っていったハリエット叔母を思い出す。スクーターの音がだんだん消えていき、ずっと遠くでかすかに聞こえたかと思うと消え果てた。あの家に来た十二、三人ほどのうち、生き残りはわずかに私たち三人だ。そして、まだ今でもこの場所にやってくるのは私一人だ。私は家を通り過ぎ、ディック・フィーランの家の残骸まで降りていき、さらに崖の海岸につながるところまで行く。

画家のトニー・オマリーは一九四〇年代にエニスコーシーに住み、バリコニガーへスケッチや絵を描きに来た。彼は、キーティングズの家の丘や海岸の絵を描いた。私の知る限りでは、この穏やかな風景が注目に値すると思った画家は彼一人だった。彼の世代のアイルランドの画家では、もっと野生味の残るアイルランド西部へ行った人が多かった。あるいはフランスへ行った人もあった。後の一九七〇、八〇年代にトニー・オマリーは、妻ジェインとともに毎年バハマ諸島で過ごした。彼の絵のトーンと感触は、その頃より異国趣味になった。彼は、躍動し心がときめくような形と明るい色を創造した。彼は私に、この新しい色は、カリブ海で過ごすより前にアイルランドでの彼の絵に忍びこむだろうと言ったことがあった。光について考えたり、もうすぐそこへ行くと考えるだけで、作品は変わり出すということだ。

彼の作品は北と南を往復する。北の光から出発し、別の地の豊饒な光に目を潤した。そして彼は故郷へ帰った。故郷。私は今ここにいる。一九七六年、死の三年前、エリザベス・ビショップは、自分を詩のタイトルであるイソシギに譬えた。「そうです、一生私はあのイソシギのように生き、行動しました——「何かを探しながら」いろいろな国や大陸の縁を走り回って。大洋からあまりに離れた内陸に入りこんでしまったらおそらく生きられないだろうと私はいつも感じています。そして、私はいつも海に近く生きてきました、海が見えるところに住んだこともしばしばです」。こういう思いは彼女が多くの人と共有しているもので、そうでない人でも、ときには夢見るにちがいない。内陸にあまり深く入りこむことは困難だ。

バリコニガーの朝、海は常に違った顔を見せる。明るいときには今にも水がかぶさりそうに近い。かと思うと、雲が垂れこめて風がないときには、見知らぬ顔をして相容れないものとしてよそよそしく拒絶し、鋼のように鋭く、堂々としていて、内向している。快晴の日の朝は海上の光はぎらつくほど、もう少し柔らかい光ならバターのよう、西の空に雲があると厳格な顔を見せる。

数年前のこと、ダブリンでトニー・オマリーの小さな絵が競売にかかる、ぜひ見に行くべきだとある友人が教えてくれた。その絵を見た途端、私はその光景がわかった。キャンバスの下の方に、オマリーのその頃のサインのスタイルで「一九五二バリコニガー 1952 Ballycunnigar」[*1]と書かれていた（彼は、聞いた通りにこの場所の名前を書いたに違いない）。この絵は小さい、八×十インチ。あそこの崖、海岸、海、空の絵だ。だんだん浸食されて下へずり落ちつつあるキーティングズの家の崖下の、やがて洗い去られ、何も残らなくなる柔らかい赤土だ。北に向いて南から描いた絵だ。二つの色調で描かれた赤土の下の砂、一つは陽光の中の金色、もう一つは陰の暗色。夏の日の午後に違いない、なぜなら、傾いた光が西から射しているからだ。海の上の雲は雨模様だが、光に貫かれている。おそらく雲は散ってしまうだろう。それから、海そのもの、穏やかなブルー、白い低い波、そのすぐ後ろにもまた同じような波が。岩はない、人もいない、目に立つドラマはない、ただ風景あるがまま。不思議なのは、崖の形、砂と海の柔らかなタッチ、そして、北に向かう精密な独特のカーブを見せる場所は、世界でただここ以外にないということ。これは、浸食を食い止めようと巨大な石を置く前何年間の、バリコニガー・アッパーからバリコニガー・ロウワーへのあたり、浸食そのものがこの風景を変え、崖を低くし、傾斜を変える前の何年間のこと、だからこの絵の風景をもう誰も覚えていない、この光景がわかる人は誰もいなくなるのだ。

トニー・オマリーは一九五二年に見、私はその数年後に見た。私たち二人ともそれを見たのだ。彼は、このように精確に描くためにじっくり観察したに違いない。正確に見て解釈したり、見たままに描くための形や色を見つけ出して絵を描くことは彼にとって大切なことだったろうが、目にしたものを捕まえ、想像し、再創造することこそ重要だったはずだ。私はそういう風にあの風景を見たことはない。それは普通のもの、そこにただあるものの一部だった。でも、私はそれを思い出す。おそらく私は、それはずっとそこにあると信じていた。同じ夏の日々、あるいはそのような日々、あの絵が描かれた何年か後の日々、あの風景を、私は自分の内に取りこんだに違いない。いずれにせよ、私たちは二人ともそこにいたのだ。「私たちのビジョンはぴたりと一致したのです」、子供時代のシーンの絵を見て「詩 Poem」でエリザベス・ビショップはそう書いた。そして彼女は、「『ヴィジョンというのは』は／重すぎる言葉だ——

私たちの視点、二つの視点／は、「人生の複写」、そして人生そのもの／人生とその記憶は一体となって／振り向くとお互い相手の顔になっているのです」。ある場所を知っている、あるいは知っていたというこの感覚、そしてそれは「生きている」、「細かいところまでいきいきしている」というのは、ビショップが言うように「ただで手に入る／わずかなもの／生きとし生けるものに与えられた天賦の資質。あまり　ない」。
おそらくあまりないだろう、でも生きていくためには十分。いや、十分ではないかも。

注

＊1　Ballycunnigar――バリコニガーの正しい綴りはBallyconnigar。

謝辞

本の執筆を依頼してくれたHanne Winarsky氏、論考を参考にさせていただいたAlison Mackeen、Daniel Simon、Anne Savarese各氏、そしてプリンストン大学出版局のEllen Foos氏に感謝いたします。また、Mary Kay Wilmers氏とこの作品のある部分が出た『ロンドン・レビュー・オブ・ブックス』誌、ビショップの作品と生涯に関する深い知識を積極的に分け与えてくださったSandra Barry氏にも感謝いたします。氏とAlexander Macleod氏には、ノヴァ・スコーシャでもてなしていただきました。私の著作権代理人であるPeter Straus、ノヴァ・スコーシャで家を貸してくださったJames Pethica氏、草稿を読んでくださったEd Mulhall氏とGreg Londe氏にも感謝いたします。

訳者による謝辞

当翻訳につき、出版までの過酷な作業を最後まで渾身の力をこめて完遂された港の人のエディター、井上有紀さんと、アイルランドの歴史的地理的背景などについて多くの示唆、助言を与えてくれた私の夫、マイルズ・オブライエンに、心からの感謝を捧げます。

著者　コルム・トビーン　Colm Tóibín
1955年、アイルランドのウェクスフォード州エニスコーシーに生まれる。ユニバーシティ・カレッジ・ダブリン卒業後、ジャーナリストとして活動する。1990年に小説 *The South* を発表し、以後、IMPACダブリン文学賞を受賞した *The Master*、映画化された *Brooklyn* などで注目される。現在、アイルランドを代表する作家の一人として活躍している。
おもな邦訳書に『ヒース燃ゆ』『ブラックウォーター灯台船』（ともに伊藤範子訳、松籟社刊）、『ノーラ・ウェブスター』（栩木伸明訳、新潮社刊）、『ブルックリン』（栩木伸明訳、白水社刊）がある。

訳者　伊藤範子　いとう のりこ
1944年生まれ。早稲田大学第一文学部卒業、名古屋大学大学院博士過程中退。帝塚山大学名誉教授。専攻はアイルランド文学。
おもな著書に『近・現代的想像力に見られるアイルランド気質』（共著、渓水社刊）、『文学都市ダブリン　ゆかりの文学者たち』（共著、春風社刊）、おもな訳書にコルム・トビーン『ヒース燃ゆ』『ブラックウォーター灯台船』（松籟社刊）、ブライアン・ムーア『医者の妻』（松籟社刊）などがある。

エリザベス・ビショップ　悲しみと理性

2019年7月31日初版第1刷発行

著　者　コルム・トビーン
訳　者　伊藤範子
装　幀　関　宙明　ミスター・ユニバース
発行者　上野勇治
発　行　港の人
神奈川県鎌倉市由比ガ浜3-11-49　〒248-0014
電話 0467（60）1374　FAX 0467（60）1375
http://www.minatonohito.jp
印刷製本　創栄図書印刷

ISBN978-4-89629-363-0